D E A R + N O V E L

空から雨が降るように

雨の結び目をほどいて 2

松前侑里
Yuri MATSUMAE

新書館ディアプラス文庫

S H I N S H O K A N

空から雨が降るように

目次

イラストレーション／あとり硅子

空から雨が降るように

sora kara ame ga furu youni

1

「周《しゅう》っ、助けて…っ…」

円《まどか》は小さく悲鳴をあげ、大きな黒い瞳を見開いた。と、目の前に周の顔が見えた。

「周っっ」

首に腕をまわして抱きつく。

「珍しいなぁ。朝から積極的やねんな。俺はぜんぜんオッケーやけど」

周の肩越しに、見慣れた天井の模様。円は目を瞬《またた》かせた。

「あれ……？」

どうやらここは自分の部屋のベッドの中で、今見ていた恐ろしい光景は夢だったらしい。

ほっと息をつきながら、円はおやと思う。

「周……僕の部屋でなにしてるの？」

「エンちゃんが俺に助け求めてるんわかったから、飛び起きてきたんやんか」

巻きつけた腕をそっとゆるめて見ると、周はパジャマを着ている。

「ぼ、僕、そんな大声出した？」

「いや、愛のテレパシーっちゅうやつ？　夢の中で、エンちゃんが怪獣《かいじゅう》の集団に襲われてる映像がはっきり見えたんや」

「うそ……」

それ、当たってる。円は目をぱちぱちとさせて周の顔を見た。正確にはトカゲの子供だったけれど、あれは自分にとっては怪獣みたいなものだ。

そう、周の飼っているアースブルー・ドラゴンという体長一メートルほどもあるトカゲで、アオコとアオタと名づけられたカップルに子供が生まれて、それが家じゅうをぞろぞろと歩き回って……。

「うー……」

思い出しただけで背筋がぞくっと粟立《あわだ》ち、円は周のパジャマの腕をつかんだ。

怪獣ではなく、アオコの子供がこわかったとは周には言えないけど……。

「もう大丈夫や。正義の味方が来たから、心配せんでええ」

周は円を抱き起こしながら、背中をぽんぽんと叩いた。

正義の味方……。

初めて自分から周の胸に飛び込んだ日、周はそう言って安心させてくれた。

あの日から、正義の味方という単語は円にとって、不安を鎮《しず》める特別なキーワードになっている。

周の広い胸と体温にほっとしながら、でも、目を覚ました理性が働いてしまう。

「だ、だめ……朝からなにやって…」

腕をつかんでいた手で周を押し返す。

「誘ったん、エンちゃんやんか」

周は嬉《うれ》しそうな声で抗議し、

「誘ったわけじゃ…んっ」

反抗する円の唇をキスで塞《ふさ》いだ。

最初の頃の、円の戸惑いを宥《なだ》めるようなそれとは違う、少し強引なキス。

「も、もうっ。新学期の朝から、先生が生徒にそういうことしていいわけっ」

「恋人と愛を確かめあうのに、時間も職業も関係ないやろ」

「そういうことじゃなくて……誰か起こしに来たらどうす…」

などと言いながら、もう一度近づいてきた唇に、気持ちと身体が引き寄せられてしまう。

自分のすべてをゆだねたあの日に、周の感触や匂いに反応してしまうなにかが、身体の中に埋め込まれてしまったに違いない。そう思った瞬間、

「な…なんや、あの音?」

周が顔を上げてドアのほうを見た。

「やられたっ」

円はベッドから飛び起き、ドアに駆け寄った。ガリガリいっているのは、クラスメイトの井上隼人《いのうえはやと》にもらった三匹の猫たちが、餌《えさ》をねだってドアを爪《つめ》で引っかいている音だ。

円がエサ係になったのだが、育ち盛りの子猫たちは、少しでも時間が遅れるとこうして部屋まで催促《さいそく》にやってくる。

「今ごはんあげるから、爪とぎしないで」

ドアを開けると、白猫のシラタマ、黒猫のアンコ、茶トラのキナコの甘味《かんみ》三兄弟が、円の足元にすり寄ってくる。というのがいつものパターンなのだが……。

「な、なに？」

三匹は威嚇《いかく》するように背中の毛を逆立て、円が抱き上げようとすると一斉《いっせい》に台所のほうへ逃げていってしまった。

「どうしちゃったんだろ……わっ」

振り向くと周が立っていて、円は周の胸に顔をぶつけた。

「ええとこ邪魔するから、にらんだった」

「えー、ひどーい。かわいそ…」

小さなキスで円を黙らせると、

「新学期早々、遅刻しても知らんよ。早よ顔洗って朝メシ食べにおいで」

自分が時間を取らせたくせに、周は急に保護者みたいなことを言って部屋を出ていってしまった。

来てくれて助かったけど、もとはといえば周が悪いんだからね。円は周が開けっ放していったドアに向かって、べっと舌を出した。

トカゲの子供の夢を見たのは、昨日の周の言葉が頭の隅に残っていたからだと思う。

周は円の通う私立高校の二年の英語教師で、一年の円の授業は担当していないが、留学経験のあるバイリンガルなので、通訳を目指している円のために家庭教師をしてくれている。と同時に、勉強の合間にキスをしたり抱きあったり……スリルを味わいながら家族に秘密の恋を育てているのだが、昨夜《ゆうべ》は生物の授業の話から、周の大好きなトカゲの話題になった。

『メスだけで飼っとったら無精卵生んで病気になるから、アオタを買《こ》うたんや』

金銭感覚のない兄の律《りつ》に、二十万円もするトカゲを買わせたのは、オスのアースブルー・ドラゴンも飼ってみたかったからだと思っていたが、アオコのためでもあったことがわかった。

母の結婚のおまけだった自分を、母が亡くなったあとも家族として温かく受け入れてくれた人たちなので、周の大好きなアオコとアオタを自分も家族として好きになりたい。そう思って気持ちの上では努力しているのだけれど、爬虫類《はちゅうるい》が苦手というのは生理的なものなので、もしも夢で見たみたいにぞろぞろと子供が生まれたら……。

「ひゃっ…」

円は声をあげ、固まった。

空のはずのベッドになにか生き物がいる。しかも、枕元にのぞいているしっぽは爬虫類のもので……。

「嘘……だよね」

円は、震える手でタオルケットをめくってみる。が、素材がフリースのような布だと気づき、へなへなと脱力した。

「なんなんだよ、もう……」

ベッドの中に、体長30センチほどのモスグリーンの怪獣……のぬいぐるみが十匹近くも入っている。

「周のやつぅ……」

自分以外に夏目《なつめ》家にいるのは、次男の周と、長男で漫画家の律、ハイテクアシスタントの棚《たな》橋《はし》と添田《そえだ》とメシスタントの堀江《ほりえ》からなる夏目組の四人だが、こんな子供じみた悪戯《いたずら》をするのは、いつも人の八重歯《やえば》をキバだと言って喜んでいる怪獣オタクのあいつしかいない。

「てことは……」

そう、さっき部屋にいたのは悪戯を仕掛けるためで……。

「なにが愛のテレパシーで、なにが正義の味方だよっ」

怪獣のぬいぐるみを一匹つかむと、円はパジャマのまま台所へ走っていった。

「めっちゃ似合うー」

周に嚙《か》みついてやろうと思ったのに、いきなり夏目組の面々に言われてしまった。

「気に入ってくれた？」

律は締め切り中で、いつものボサボサ頭にジャージ姿だが、朝から妙に爽《さわ》やかな、嬉しそうな笑顔でそう言った。

「誕生日おめでとう」

「あ……」

円は、はっとした顔で手の中の怪獣を見た。周の悪ふざけだと思ったら……。

「律さんのプレゼント……だったの？」

怒って抗議しようと飛び込んできたのが、急に恥ずかしくなる。

「ちゃうちゃう。これはほんのアトラクション。今夜、堀の料理で誕生会するから、プレゼントはそのときな」

「……」

円はぬいぐるみを胸に抱いたまま目の下を赤くして、小さな声でありがとうと言った。

嬉しい。誕生日、知っててくれたんだ。

「それ、ジャンクの読者プレゼントの景品やねん。見本できてきたし、モデルのエンちゃんに真っ先に見せな思《おも》て」

「え…？」

よく見ると、この怪獣は……。週刊少年ジャンクの人気ナンバーワン連載、夏目リツの『H・H・H』に出てくる〝怪獣少女まどかちゃん〟が変身するとなる巨大怪獣を三頭身にデフォルメしたものだ。

あんな夢を見たのは、こんなのがベッドの中にごろごろいたせいに違いない。円が苦笑いしながらぬいぐるみをいじっていると、

「背中の装甲板《プレート》んとこがチャックになってるから、開けてみ」

頭頂から尾にかけて並んでいる、剣竜《けんりゅう》独特の三角や菱形《ひしがた》の背びれみたいなもののことを言っているらしい。律に促《うなが》され、円は怪獣の背中のファスナーを下ろした。

「あ……」

中にはセーラー服を着たまどかちゃん人形がすっぽりと納まっていて、円にそっくりの大きな黒目がちの目を見開き、小さな八重歯を見せて笑っている。

「ぬいぐるみのくせに、着ぐるみ着てるんが可愛《かわい》いやろ？」

「う……うん」

デザインした律を前に嫌な顔もできず、円は笑顔を見せたまま、胸の内でだけこっそり苦笑いをした。

これが全国にばらまかれるのか……。

「どの角度から見ても似合うなぁ。さすがエンちゃん」

周がネクタイを締めながら入ってきた。

夏休み中はずっとラフな格好《かっこう》だったので、久々に見る夏目先生の姿にちょっとどきっとする。が、顔には出さず、円はふいと横を向いた。

「怪獣が似合うなんて言われても、ちっとも嬉しくない」

周の意地悪に円が怒ると、夏目組のアシスタントたちはいつもなら絶対に円の味方になってくれるのに、今朝はみんなして笑っている。というかさっき、思いっきり『似合う』と声を揃《そろ》えて絶賛されてしまったのだった。

表情が子供っぽく見える八重歯を気にしている円は、しゅんとうつむき、なにかに気づいて顔を上げた。

「なな、なにこれっ!?」

円はあわてて窓ガラスに自分を映し、ぎゃっと叫んだ。

「どっから見てもパジャマやんか」

と律は言うが、どう見てもこれは怪獣の着ぐるみだった。

たしかに生地《きじ》はパジャマっぽいが、上下がつなぎになっていて、尻のところには床に引きずるほど長いしっぽがついている。怪獣の頭部を模《かたど》ったフードをかぶると、まんま怪獣の着ぐるみを着た姿になる。頭から背中、しっぽの先までは、プレートという三角形のものがずらずらとついている。

着ていたパジャマもグリーンだったので気づかなかったが……みんなが似合うと言ってウケていたのは、ぬいぐるみではなくこのパジャマのことだったらしい。

そう、甘味三兄弟が逃げていった理由も……。

「これも景品やねんけど、周がアイディア出したんや。エンちゃんに着せたら似合うんちゃうか言うて…」

「周っっ」

今度こそ嚙みついてやろうと思ったのに、怪獣のフードをかぶせられ、ぽんぽんと頭を叩かれた。そして、

「十六歳、おめでとう」

大好きな笑顔で言われてしまった。


「どうしよう……遅刻しちゃうー」

円は怪獣を着たまま、情けない声を出した。

「あかん。完全に嚙んでしもてますわ」

怪獣パジャマの前面のファスナーが、下に着ていたパジャマの生地に食い込んで下りなくな

ってしまったのだ。鍵開けの特技を持っている堀江が必死にはずそうとしてくれるが、うまくいかない。

コーチをしているバスケットボール部の朝練がない限りは周といっしょに通学するのだが、今日は二学期の始業式で、教師である周が遅刻するわけにはいかず、先に行ってもらった。

「しゃあない。ハサミで切るしかないな」

律の言葉に、円は「だめっ」と声をあげた。

「身体切るなんて可哀想《かわいそう》だよ。やめて」

もらったばかりの、律のデザインで、周がアイディアを出したものを切り刻むなんて嫌だ。

「ちうか、エンちゃんの身体に傷でもつけたら周ちゃんに殺されるんちゃいます？」

棚橋は、定規《じょうぎ》で引いたような細い目でにやりと笑った。

「エンちゃんは、周ちゃんのお気に入りやからなぁ」

添田も太いゲジゲジ眉をひょいと上げ、意味深《いみしん》な笑みを浮かべた。

「な、なにそれ…っ…」

思わず声がうわずってしまう。

「昔、俺がソフビのエレキングのしっぽ踏んだだけで、怒って便所に立てこもったことあるから、ありえるなぁ」

そういう意味か……。律の言葉にほっとしながら、円は少し頬《ほお》を赤くする。

家族に秘密の恋を育《はぐく》んでいるせいで、みながそんな意味はなく口にする言葉に、すぐにどきんとしたり赤くなったりしてしまう。

あれ？　でも……。

「みんな、それって僕が怪獣って意味…」

「そんなことより、誰かエンちゃんに朝ごはん食べさしてあげてくださいよ」

堀江がファスナーと格闘しながら、テーブルの上の朝定食を顎《あご》で指した。

「始業式なんか、遅刻してもええのとちゃうの？」

棚橋の言葉に添田がうなずくと、律はふたりの頭を順番にはたいた。

「アホ、エンちゃんはおまえらと違《ちご》て遅刻が嫌いなんや」

締切り破りの常習犯の律の言葉に、有能なアシスタントふたりは、頭を撫《な》でながら顔を見あわせた。

本当は遅刻が嫌いというのではなく、絶対に遅刻をするなというのが母の遺言《ゆいごん》なのだった。

正確には遺言になってしまっただけなのだが、オフの生活ではルーズだった母が、仕事の時間に関しては自分に厳しく、円にも『通訳になりたいなら、遅刻が命取りになること覚えときなさい』といつも言っていたのだ。

だから円は、欠席したり約束を断ることはあっても、行くと決めたら絶対に遅刻をしないように心がけている。それだけは守りたかったのに……。

がっしりとした身体に似合わず、細かい作業が得意な堀江のおかげで、怪獣も円も無傷で脱出することができたが、もうどんなに急いでも遅刻は免《まぬが》れそうもなかった。

「……!?」

制服に着替え、あたふたと玄関に走っていく円の腕を誰かがつかんだ。

「エンちゃん、あわてんでええよ。俺の責任やし、学校まで車で送ったろ」

律の申し出に円はぎょっと目を見開き、肩にかけていたリュックをずり落とした。

「み、道混んだらかえって遅くなるから」

婉曲《えんきょく》に断ろうとしたが、

「ちんたらしてるやつら蹴散《けち》らして走ったるから、まかしとき」

恐ろしいことを言いながら、円を玄関に引っぱっていこうとする。

「先生っっ」

棚橋、添田、堀江の三人に、がっと腕や足をつかまれ、律はカエルみたいにべたっと廊下に倒れた。いや、張りついた。

「じゃあ、行ってきますっ」

玄関で靴を履《は》きながら、円は早口で言った。

「ほんまに電車で大丈夫なん？」

律が心配そうに訊《き》いたとたん、棚橋と添田が両側から律の両手をつかんだ。下を見ると、堀江のたくましい腕ががっしりと両足を捕まえている。

「さっきからなんやねん、おまえらはっ。俺、ゴールド免許やねんぞっ」

律の場合、無事故無違反なのは、単純にペーパードライバーだからというだけではない。適性の欠如《けつじょ》に本人が気づいていないために、周りが運転を止めてくれているがゆえのゴールド免許なのだ。

「ほな、あわてて転ばんように気ぃつけよ」

律の言葉に、円は大きくうなずいた。

『律さんの連載楽しみにしてるから、お仕事優先してほしい』と円が言ったら、車のことは忘れてくれたようだ。

律は短気ですぐに怒りだすが、簡単に機嫌を直せる人なのだ。

「行ってらっしゃいっ」

玄関で並んで見送ってくれるのは、夏休みの〝行ってらっしゃい事件〟以来、夏目家での習慣になっている。

寝ているあいだに周がバスケ部の合宿に行ってしまい、円が「行ってらっしゃい」を言うためだけに合宿所まで追いかけていったという……他人が聞けば馬鹿みたいな話だ。

けれど、その理由が、母との最後の場面でケンカをしてしまい、「行ってらっしゃい」を言えずじまいになったことだと知って、律が提案してくれたらしい。

年も体格も自分より大きなお兄さんたちに見送られるのは、組長さんのお出かけみたいで偉そうだし、開店直後のデパートみたいで気恥ずかしくもある。

でも……。

ひとり他人の中に取り残され、淋《さび》しくて居心地が悪くて、留学を理由に家から逃げようとしていた自分が、いつの間にか、この家をかけがえのない居場所だと思えるようになっている。

そのことが嬉しくてたまらない。

自分以外の家族が使う大阪弁も、今では耳にしないと落ち着かないくらい身体に馴染《なじ》んでしまっている。

とくに好きなのは〝好きやねん〟。最近覚えたのは〝ぎょうさん〟で、爬虫類の名前ではなく、たくさんという意味の副詞だった。

大好きなお天気キャスターの青山《あおやま》さんの言葉に、忘れられないものがある。

『空がいつも頭の上にあるおかげで、僕は仕事ができるんです』

自分の今の幸せは、それによく似てる。

駅に向かって走りながら、円は今日の空色を確かめる。

予報どおりの快晴で、青い包装紙を広げたみたいな空が広がっている。

それだけで得したような、いいことがありそうな気分になってくる。

それに……。

来年の周の誕生日まで、年の差がひとつ縮まった。


制服は夏服のポロシャツのままだし、ホームに垂れ込める桜の葉は、まだ青々と夏の色を残している。

でも、つぎの季節の気配はもう、空気の中にひっそりとまぎれ込んでいる。

今日から二学期。〝夏休み〟という単語が、ちょっと切ない思い出のせいで、特別な意味を持ってしまった今年の夏。素直になれずに、恋人を夏休みにしようなんて言って周を困らせた。

でも、仲直りをしたあと、ほんの少し恋が深まった気がする。

朝から部屋であんな……。

そこまで思って、円は急に赤くなり、ホームに入ってきた電車に飛び乗った。

「ごめん……つぎの駅まで荷物持ってもらっていい?」

混雑した車両の中で、誰かが声をかけてきた。若い男性の声だ。

「は…はい、どうぞ。え…?」

いきなり声の主にもたれかかられ、円はよろけそうになった。が、混みあっているので倒れる心配はない。

少し身体をよじってみるが、荷物らしきものは見当たらない。荷物というのは、具合の悪くなった彼の身体のことだったらしいとわかる。細身だが身長があるので、小柄な円は上からかぶさってこられる形になって、ちょっとつらい。

でも、苦しいのは自分ではなく……。

「大丈夫ですか？」

「だめ……気持ち悪い……」

「えっ、大丈夫ですか？」

「わかんない子だなぁ……大丈夫じゃないって言って……うー」

青年は、円にさらにぐったりと身体を預けてきた。一瞬、なんだこいつと思ったが、相手は病人だ。でも……。

学校の最寄《もよ》駅を待たずに、つぎの駅でこの荷物といっしょに降りるしかなさそうだ。今日は、どうしたって遅刻をする運命だったらしい。


駅に降りると、円は青年をベンチに坐《すわ》らせ、とりあえずネクタイをほどいてあげた。

「ありがと……やさしいんだね」

弱々しく吐息を洩《も》らす青年の顔を見て、円は一瞬息を呑む。

すごいきれいな人だぁ……。

きめの細かい肌に、くっきりとした大きな切れ長の目。明るい瞳の色と揃いのやわらかそうな髪が、白い肌にふわりとかかっている。

バランスの取れたほっそりした身体にタイトなスーツ。年齢は周と同じくらいで、学校の女の子たちから見たら、間違いなく王子さまだろう。

思わず見とれていたら、青年は突然、円にアイスクリームを買ってきてほしいと財布を差し出した。

初対面の人間に財布ごと金を渡すのにも驚いたが……。

「気分悪いのに、アイス食べるんですか？」

円は心配そうに青年の顔を見た。

「気分悪いから食べるの。お願い……」

電車の中でずっと吐く吐くと言っていたのに、円がやめたほうがいいと言うと、この病気にはアイスしか効《き》かないんだからと、叱りつけるように言い返してきた。仕方なく、というか、もう遅刻を気にする段階でもなくなってやけくそで、円は駅前のアイスクリームショップで注文どおりにダブルのコーンアイスをふたつ買ってきた。

「ありがとー。あ、こっちは君のぶんね」

嬉しそうにひとつを受け取ると、もうひとつを円に勧《すす》める。

「アイスは大好きなんですけど、学校が…」

「Negative《だめっ!》」

「え…?」

いきなり英語でつっこまれ、円は目を瞬かせた。

「遅れても学校は溶けないけど……ほら、早く食べないとアイスは溶けちゃうじゃない」

めちゃくちゃなことを言ってるのに、なぜか逆らえず、円は「いただきます」と言ってアイスに口をつけた。

チョコミント味のアイスを舐《な》めながら、円は思わずまた彼を観察してしまう。

アイスを持つ指は女性のようにきれいだし、投げ出した足のラインもすらりと長く、美形というより美景といったほうがいいような……。

中身はちょっとどうかと思うけど……。

などと思っていると、青年は円を見てふわりと笑った。

「I owe you my life」

「え…?」

「君は、僕の、命の恩人」

青年は首を傾けて笑った。

円はなぜか、どきっとして赤くなる。

「〝渡る世間にワニはなし〟って日本のことわざ、ほんとだね」

「ワニ……？」

円はきょとんと目を丸くした。

「あ、違う。カニだ。カニカニ」

アイスを持っていないほうの手で、ハサミを作ってみせる。

「鬼です」

「そうそう、そうとも言うよね」

今度は人さし指で頭に鬼の角《つの》を作る。

「……」

この人、日本人だよね？　ていうか、スーツ着てるけどほんとに社会人？

円は怪訝《けげん》そうに青年を見た。

でも、本当にアイスが効いたみたいで、声も表情も元気になっている。

「あの……気分よくなったんなら、僕そろそろ学校行っていいですか？」

円は、ホームに入ってきた電車をちらりと見た。

「あ、僕もいっしょに行く。遅刻させちゃった理由、先生に説明しなきゃ」

円はぎょっとした顔になる。観賞するだけならいいけれど、これ以上おつきあいするのは勘《かん》弁《べん》してもらいたい。

「そんなの自分で言えますから、大丈夫です。そっちこそ、会社に遅刻したらまずいんじゃないですか？」

「うーん……今日から新しい職場だから、遅れたらボスに叱られるかも」

「えっ、大変じゃないですか。あなたも急いで…」

「OK, Let's《よし、》 hit the road《行こう！》!」

そう言って、青年は円の手首をつかんで電車に飛び乗った。


なんと、円が助けたのは、藤沢《ふじさわ》岬《みさき》という名の、円の高校の臨時の英語教師だった。

正確には教員ではなく講師だが、円の取っているクラスの先生であることには変わりはない。

円の高校には、生徒の個性や才能を伸ばすのが目的の自由選択コースが設《もう》けられていて、作家や芸術家や料理人など、教員免許は持っていないが、様々な分野で特定の技術や体験を持っている人を講師として招いて授業を担当してもらっているのだった。

岬が代講することになったマリア・オニールも、日本文化の研究に来ているカレッジの院生だ。

どういう偶然だろうと思うのと同時に、講師とはいえ、こんな人が先生をやれるんだろうかと、円はちらりと岬の顔を見た。

「初出勤で緊張してたのと電車が混んでたのとで気分が悪くなってしまって……ここの制服着てる生徒がいたので助けてもらったんです」

岬はさっきまでとは別人のように、きちんとした言葉で、英語科の主任教諭《きょうゆ》の景山玲子《かげやまれいこ》に円が遅刻した理由を告げた。

「身体はもう大丈夫なの？」

玲子はきれいに描いた眉を少し寄せながら、ほどけかけている岬のネクタイをきっちりと結び直した。

「ええ、彼が応急処置をしてくれたので」

「応急処置？」

いっしょに駅のホームでアイスを食べました。なんて、言えない。

玲子は新任時代からずっと美人教師ナンバーワンの地位をがっちりとキープしているが、それよりも怒るとこわいことで有名だった。円が困ってうつむいていると、

「エンちゃん!?　今来たんか!?」

職員室に入ってきた周が、あわててそばに駆け寄ってきた。

「あ、夏目くん。ちょうどよかった。紹介するわ。彼がマリアのピンチヒッターの藤沢岬くん。一ヵ月だけだけど、年も同じだし、いろいろ教えてあげてね」

「……」

　周はいきなり、手にしていた出席簿を床に落とした。が、すぐに拾い上げ、まっすぐに岬を見た。いや、にらんだ。ように見えた。

「あ、弟くんのこと怒っちゃだめよ。遅刻したのは藤沢くんのせいなんだから…」

「弟……？」

　岬が驚いて円を見たので、玲子は岬に周が同じ英語科の教師だと紹介し、円が両親の結婚で兄弟になったこともさらりとつけ加えた。

「弟さんに迷惑かけてしまって、申し訳ありませんでした」

　岬は、周に丁寧《ていねい》に頭を下げた。

「初日から遅刻か？　社会人やったら健康管理くらいちゃんとせえよ」

「はぁい。以後、気をつけまぁす」

　一応この職場では先輩になるが、同い年の周が偉そうに注意をしたのに、岬は嬉しそうに笑顔で返事をした。しかも、先生に叱られた小学生みたいなふざけた調子で……。

　どういう人なんだろうと思ったが、それよりも、周の拒絶するような冷たい態度のほうが円を戸惑わせていた。

「弟くんはやさしいのに、お兄さんは意地悪っぽいね」

　周が憮然《ぶぜん》とした顔で出ていくのを見て、岬が耳元に囁《ささや》いてきた。

「そ、そんなことないですっ。周は誰にでもやさしくて……どうしたんだろう」

円は不安そうな顔で、周が開けっ放していったドアのほうを見た。

「気づかれたかな……」

「え…？」

どきんとなって、円は岬を見上げた。

「君のこと遅刻させた原因、二日酔いだってこと」

そう言って、岬は片目をつぶってみせた。


始業式のあとのホームルームが終わると、待ちかねたように隼人が飛んできた。無断欠席かと思って心配してくれていたらしい。机に腰かけ、怒った顔で円を見下ろす。

「いいかげん携帯買えよ」

「だって、必要ないもん。家でも学校でもいっしょだし、休みの日だって…」

隼人は切れ長の目でキッとにらみつけ、円の言葉を止めた。円が〝いっしょ〟と言っているのは、隼人のことではなく周のことなのだ。

「円さぁ……俺が円のこと好きだってこと、ときどき、ていうかしょっちゅう忘れてないか？」

「忘れてないよ」

「じゃあ、片想いしてるやつの前で堂々とノロケんなよな」

円はごめんと謝るしかない。隼人との奇妙で微妙な友情は、隼人のこのまっすぐでめげない性格のおかげで成り立っているのだ。

隼人は円が兄である周と恋人関係であることを知っている唯一の人間で、隼人の部活のコーチである周はそのことにまったく気づいていないという……。円としては弱みを握られている相手であると同時に、本心をぶちまけられる大切な親友でもある。

「これから俺の前でコーチのことでノロケたら、5カウントで一回、ペナルティのキスしてもらうからな」

「そんなぁ……」

泣きそうな顔をする円に、隼人はさらに不機嫌な顔になる。

「嫌なら、ちょっとは気をつけろよな」

「……ごめん」

円がしゅんとうなだれると、隼人は「なーんてね」と急に明るい声で言い、円の手に紙袋をのせた。

「今日は特別にノーカウントにしてやる。誕生日おめでとう」

「え…？」

「うちの和菓子……秋の新作セット。と、シラタマたちのおもちゃ詰め合わせ」

「嬉しい。ありがと。でも……隼人の誕生日になにもあげてないのに……」

「五月はまだ、俺ら険悪だったじゃん」

「ていうか、隼人が僕のことシカトしまくってたんじゃない」

冷たい態度をとっていたのは、じつは好きの裏返しだったとあとでわかったのだが……。

「あーもー、あの頃の話は忘れろって…」

隼人が照れくさそうに言いかけたとき、

「エンちゃ～ん、お誕生日おめでとう！」

クラスの女の子たちが円の席に押し寄せてきて、手作りのクッキーやケーキをプレゼントしてくれた。

が、口々に「お兄さんにもぜひ食べてもらってね」とか、「夏目先生に、来年はうちのクラス担当してって伝えてね」と言い、カードにも同様のコメントが添《そ》えられていた。

「完全に当て馬ってやつだね」

円が苦笑いをすると、隼人は去っていく女の子たちを見ながらため息をついた。

「ほんとコーチってモテるよなぁ。あいつらに真実を教えてやりたいよ」

「隼人……」

必死な目をする円に、隼人は形のいい眉を寄せた。

「円、俺のことコーチと比べてガキだって思ってるだろ」

「思ってないよ」

それだけは絶対にない。今度は円が怒った顔になる。

「どうやったら、あの人に勝てんだろ……」

隼人は、プレゼントの山を見下ろしながらもうひとつため息をついた。

「若さでは勝ってるじゃない」

「なんだよそれ」

円が慰《なぐさ》めると、隼人はぶすっとふてくされた顔で腕組みをした。

「お兄ちゃんが大好きなやつに、そんなこと言われてもぜんぜん嬉しくないっつーの」

「……」

今度は円がため息をつく。

わかるけど……。

でも、周に比べて子供なのを気にしてるのは僕のほうなんだからね。


朝から小さな事件が重なって、落ち着かない一日だった。

でも、そのぶんを帳消《ちょうけ》しにするくらい夜は楽しい時間になった。

用意ができるまで図書館で勉強してきてほしいと言われ、部活のある周と待ち合わせて夕食の時間になってから家に帰った。

漫画の仕事が忙しいはずなのに、小学校のお楽しみ会みたいな飾りつけをしてくれているのが可笑《おか》しくて、でも、泣きそうなくらい嬉しかった。

そして、心のこもったプレゼントもたくさんもらってしまった。

堀江は食べるのがもったいないような本格的な懐石《かいせき》風のパーティー料理を、棚橋と添田は『H・H・H』のキャラクター全員のマジパン細工がのった特大ケーキを作ってくれていた。もちろん『エンちゃん、誕生日おめでとう』という定番のメッセージも、怪獣少女が持っているチョコレートのプレートにしっかり書かれていた。

堀江にはいつも板前《いたまえ》弁当を作ってもらっているが、棚橋がケーキ職人の息子でケーキ作りが趣味だったことと、添田がプロ級の腕を持つフィギュアマニアだということを、今日初めて知った。

円は手の込んだプレゼントに感激していたが、久々に本格的な料理を作った堀江にも、漫画の仕事に追われて趣味を楽しむ暇がなかった棚橋と添田にも、『エンちゃんのおかげで楽しかった』と感謝されて恐縮《きょうしゅく》してしまった。

周は、円が二十四時間いつでも英語のニュースやドラマ、映画などが見られるように、ペイテレビの契約をしてくれていた。

怪獣映画のチャンネルもしっかりチョイスされているのには笑ったけれど、『これでしっかり勉強してな』と言われて、胸がいっぱいになった。

そして、律からは、嬉しいけれど、戸惑ってしまうようなプレゼントをもらってしまった。

『俺らのせいで留学あきらめさせたから、冬休みに語学研修に行っといで』

そう言ってハワイ旅行を贈ってくれたのだが、家庭教師とボディガードにと、周がセットになっていたのだ。

単身赴任で大阪にいる父からは、会社の女の子に選んでもらったという、これからの季節にぴったりなアースカラーのセーターと、円の好きな大阪名物の〝えびすめ〟が送られてきていた。

廊下の電話で父にお礼を言う円の後ろでは、周たちが『誕生日に塩昆布《しおこんぶ》送ってくるやなんて、さすが親父や』とみんなでウケて笑っていた。

明るい笑い声に、幼稚園の教室みたいな飾りつけ。手作りの料理とバースデーケーキ。足元では、三匹の子猫が隼人にもらったオモチャを取りあってばたばたと走り回っている。

誕生日はいつも、母とふたりか、そのときによっては母のボーイフレンドと三人で、高そうなレストランで祝ってもらうのが恒例《こうれい》になっていた。それはそれで嬉しかったけれど、今日みたいなアットホームな誕生会に、心のどこかでずっと憧《あこが》れていた気がする。

家の中は母がひとりいないだけで、壁も家具もしんとして、テレビや暖房をつけていても寒い感じがしたけれど、今は違う。いつも誰かの気配がして、猫やトカゲがなにげなくいたり、家そのものに体温があるみたいな温《ぬく》もりに包まれている。

失ったものは大きかったけれど、与えてもらったものもたくさんある。みんなに受け入れてもらって、大切にしてもらって……。

でも……。

自分だけが子供で、だからといって、こんなふうにみんなに甘やかされているだけでいいのかと円は思う。

アルコールを飲めるようになるにはどうしてもあと四年かかってしまうけれど、気持ちだけでも、五人のお兄さんに近づけるようにがんばろう。そう誓《ちか》って、父の声を聞きながら、円はこっそり小さなガッツポーズをしたのだった。

「朝からいろいろあって、疲れたんとちゃう？」

周のベッドに坐《すわ》って、誕生会のことをつらつらと思い出していたら、周が心配そうに顔をのぞき込んできた。

「ぜんぜん疲れてないよ」

円は笑顔で首を横に振った。

「待たせてごめんな。訊きたいことって、なに？」

なぜ藤沢岬にあんなふうに周らしくない態度をとったのか、教えてほしかった。

好きな人がいつもと違うのは、なにか重大なことが隠れているみたいで気になる。そう思って部屋を訪ねたのだけれど……。

「え、えと……律さん、どうしてふたりで旅行させてくれようと思ったのかなって」

ノートパソコンに向かっている周の背中を見ていたら、ふんわりと幸せな気分になってしまい、訊きたかったこととはぜんぜん違うことを口にしていた。

「いっしょに行こ思ても、あいつら連載のスケジュール詰まっとって行かれへんやんか」

周は円の隣に腰を下ろしながら、あっさりと答えた。

「それはそうだけど……」

「ふたりきりにさせてくれたいうん？　ないない。絶対に気づいてへんし、そんな気の利《き》いたことできるやつとちゃうって」

「そうかなぁ……」

「旅行、嬉しないの？」

円は首を横に振って、周の胸に額をつけた。

「僕ばっかり、こんなによくしてもらっていいのかなって……」

「なに言うてんの。あいつらの楽しそうな顔見たやろ。エンちゃんがおるから、花火大会とか誕生会とか……俺らだけやったら、やりたい思ても気恥ずかしいてでけへんことできるんやんか」

「……」

円はきゅっと眉を寄せた。

それって喜んでいいこと？　子供がひとりいると子供っぽい行事ができて楽しい、みたいな意味に聞こえるんだけど……。

納得のいかない様子の円に、周がふっと笑いを洩らす。つむじに吐息がかかってくすぐったい。

「エンちゃん、円いう名前、どういう意味か知ってる？」

「母さんに聞いた。円《お金》をいっぱい稼《かせ》いで、私にラクさせてくれますようにって……あの人らしいよね」

「エンちゃん、その話まんま信じとったん？」

「え…？」

円は、周の胸にもたれかかったまま目を見開いた。

「俺と律、一回だけあやかさんとデートしたことあるんよ」

「デート？」

円は身体を起こして周の顔を見た。

「いっしょに暮らす前に、新しい息子たちとゆっくり話《はなし》したい言うて、フランス料理ごちそうしてくれはったんや」

「……」

「あやかさんはきれいなピンクのドレス着て、律もちゃんと散髪《さんぱつ》行って、スーツにネクタイ締めて……」

周は懐《なつ》かしそうに、そして少し淋しそうに言った。

「そのとき、聞かせてもろたんや。円いう名前は、みんなで円《まる》くなって食卓囲《かこ》めるような家庭を持ってほしいいう願いをこめてつけたんやって」

「僕……そんな話聞いたことない」

訴《うった》えるような目をする円に、周は小さくうなずいた。

「自分はしたいように生きて、ちっさい頃から淋しい思いばっかしさせとったのに、そんな自分勝手なこと、本人には言われへんけどって……」

いつも忙しそうで、こっちも淋しいくせになんとなく素直に甘えられなくて、ゆっくりお互いの胸の内を話しあったことなどなかった。

ひとりでそんなふうに思っていたなんて……。

僕の意地っ張り、母さんの遺伝だね。

円はうつむいて肩を震わせた。

「笑う話とちゃうやろ」

「だって……」

円は堪《こら》えきれなくなったように、あははと声をあげて笑った。

「周の言葉通して聞くと、母さんが大阪弁で話してたみたいに聞こえるんだもん」

「俺は、大阪弁でしゃべらんと気持ちこもらへんねん」

「そうだよ……ね」

笑いながら、円の目に涙が浮かんできた。

「エンちゃん？」

「だって、周が可笑しいから…っ…」

あわてて手のひらで拭《ぬぐ》うが、大粒の涙が勝手にぽろぽろとこぼれ落ちる。

「エンちゃんが幸せやったら、お母ちゃんも、俺らもみんな幸せになれるいうこと、忘れたらあかんよ……」

周は長い指で円の頬をそっと拭うと、しっかりと抱きしめてくれた。

こんなふうに無条件に受け止めてもらっているとき、周のやさしい腕の感触が、弟に向けられたものなのか、恋人になのか、いつも不安だった。

でも、そんなことはどっちでもいいんだと、この頃やっとわかってきた。

特別な関係だから、悩んでしまうことも多いけれど、この温もりを信じていけばいいんだって……。

円は、心に引っかかっていた藤沢岬のことなど忘れ、周の広い胸の中で甘い幸せに浸《ひた》っていた。

2

窓際の席で、円《まどか》は校庭を眺《なが》めながらふふっと笑った。

でも、笑えるようなものが見えるわけではない。早々《そうそう》に昼食をすませた男子生徒たちが、サッカーボールを追っているだけだ。

『ぜーんぶ顔に出てしまうから……丸わかりやねんよ』

夏休みの花火大会のとき、律《りつ》にそう言われたのがちょっと気になるけれど……。

周《しゅう》とふたりで旅行。ハワイなんて、新婚旅行みたいだったりして……。

夏休みが終わったばかりだというのに、円の気分はもう冬休みに飛んでいる。

ふたりきりで一週間も過ごすなんて初めてで、どんな気分なのか想像もできない。だから、ついつい想像してみたくなる。

「カウント1」

「え…?」

隼人《はやと》に目の前に人さし指を立てられ、円は夢から覚めたみたいな顔をした。

「忘れたのか？　5カウントで、ペナルティ一回」

「ノロケてないじゃん」

「顔がノロケてる」

「うそっ」

「円はなんでも顔に出るんだよ」

律に言われたのと同じことを隼人にも言われ、円はあわてて窓に映る自分の顔を見た。

大丈夫。べつにノロケた顔なんてしてない。

「コーチが昨夜《ゆうべ》、円の身体にあんなことやこんなことやそんなこと……うー」

「はい」

机に突《つ》っ伏《ぷ》してしまった隼人に、円は律にもらった怪獣《かいじゅう》のぬいぐるみを差し出した。

「律さんにもらったの、隼人にもあげようと思って一匹連れてきたんだ。ジャンクのプレミアムグッズだよ」

中にまどか人形が入っているのを見て、

「俺、これ毎晩抱いて寝るっ」

隼人はぎゅっと人形を抱きしめた。

ストレートな表現にこっちが恥ずかしくなる。でも……。

隼人のそういうとこ、尊敬してる。

最初から持っていないものや、二度と戻ってこないものをあきらめるしかなかった体験が、いつの間にか自分をあきらめ上手にしていた。

隼人の気持ちに応《こた》えられないのに、そんなことを言うのは矛盾《むじゅん》だけれど……。

他人の言動など気にしない、軽やかな強さを見習いたい。


などと殊勝《しゅしょう》なことを思うと、かならず逆のほうへ転がってしまう体質なのだ。

ちょっと気になる程度だったのに、一週間後には、岬《みさき》はすごく気になる存在になっていた。

「マドカ、おはー」

いきなりふざけた挨拶《あいさつ》をされて、円は目を丸くした。

「今、日本じゃ朝の挨拶はこうなんだってね。女の子に教えてもらった」

嬉《うれ》しそうに言いながら、岬が正門に向かう円と周のあいだに割って入ってきた。

「夏目《なつめ》先生も、おはー」

「……」

周は聞こえないふりをしている。

「周、岬先生に挨拶しなよ」

「どうも」

なにがどうもなんだよ。無愛想《ぶあいそう》に答える周に、円は眉を寄せる。

「ふたりとも、先生って自覚が足りないんじゃないんですか？」

「やっぱ、ネクタイしてきたほうがよかった？　レイコに叱《しか》られるかな」

今日の岬は、ネクタイどころかシャツも着ていない。素肌にVネックのニットをかぶっているだけで、胸元には金色の鎖《くさり》が見えている。

「ネクタイはいいと思うけど……」

主任 教諭《きょうゆ》を玲子《れいこ》呼ばわりするのはどうかと……。

「首絞《し》めてたせいだと思うんだよね。電車ん中で気持ち悪くなっちゃったの」

あれは二日酔いでしょ。じろりとにらむと、岬は人差し指を唇に当てて、「ナイショだよ」という顔をした。

そんな岬を、周はひたすら無視している。

周は自分も面白《おもしろ》いことを言ったり人をからかうのが好きなほうだから、岬みたいなタイプは気が合いそうなのに、なにが気に食わなくてこんなふうにそっけなくしているのかわからない。

開けっ広げというより、開けっ放しという言葉が似合う周に、こんな一面があったなんて……。意外に思うだけでなく、わけもわからず不安な気持ちになってしまう。

岬のことで、周は自分になにか隠している。そんな気がした。

「Any volunteers?《やりたい人いる?》」

岬が、スキットを読んだり質問に答えてくれる人を求めると、できなくても答えがわかっていなくても、女生徒たちは先を争《あらそ》って手を上げる。

週二回、まだ今日で三度目の授業なのに、岬はもうすっかり女生徒の心をつかんでしまっていた。いや、一回目から完璧に。

出席していれば単位のもらえる自由選択科目なので、彼女たちは評価してもらうことなど二のつぎで、岬にからんでもらうのが嬉しくて仕方がないのだ。

本来このクラスを担当しているマリアのときには、男子生徒が同じことをしていた。

豊かなブロンドに青い瞳、出るところの出たナイスバディに、いつもぴっちりとしたキャリアスーツをまとったマリアは、お色気たっぷりの甘い声ですさまじいファニエストジャパニーズをしゃべる。とくに周がこの学校に来てからは、大阪弁を気に入って濫用《らんよう》しているため、さらに面白さに磨《みが》きがかかってしまった。

そんな面白美人のマリア目当てでクラスを取った男子生徒は、きれいだが英語ができるだけの日本人の男の代役は大いに不満のようだった。

でも、岬の発音はきれいで、語彙《ごい》も豊富なのが円にはありがたかった。

すぐに趣味の歌舞伎《かぶき》の話を始めるマリアの授業も、けして悪くはないけれど……。

そう、岬は最初の印象と違って、授業中は別人のようにちゃんとした先生に化《ば》けていた。地のキャラは絶対にこっちじゃないと思いながら、不思議な気持ちになってくる。

「Minako, Are you with me?《ミナコ、わかってる?》」

ぽうっとした顔で見つめている女生徒に、岬は少し怒った顔で言った。が、

「Yes, I'll be with you forever!《うんっ、ずっといっしょにいるっ!》」

いきなり抱きつかれてしまう。

「No, no! You miss the point…《そういうことじゃなくて…》あっ」

「わかってるもーん」

べったりと岬に張りついた美奈子《みなこ》に、

「ミナ、ぬけがけー」

「岬ちゃんから離れなさいよっ」

ほかの女生徒からブーイングが起こる。

わざとウケるようなことを言って生徒をのせる周と違い、岬はいたってまじめに授業をしているのだが、彼女たちはこんなふうにわざと間違えたり、関係ない質問をして授業を脱線《だっせん》させてしまう。

日本の授業と違って、アメリカでは疑問に思ったことは即《そく》その場で質問というのが当たり前らしく、岬もマリアと同じで、最初の授業のときにそのことを言っていたので、つまらない質

問をするなとも言えないのだろう。

悪ふざけが過ぎると、岬はやんわりと注意をするが、それは逆に彼女たちを喜ばせるだけだった。

期間限定の王子さまとの時間を楽しく過ごしたいファンの気持ちはわかるけれど、なんだか気の毒になってくる。

母がそういう人だったせいか、プライベートの生活態度に難ありの人が仕事で見せる真摯《しんし》な姿を見ると、円は自動的に味方をしたくなってしまう。

だから、岬のクラスに出ると、ますます周がこの人を避けている理由がわからなくなってしまうのだった。


「Madoka, Please see me」

授業が終わって教室を出ていくとき、岬は円にそう声をかけていった。

「いや〜ん。僕を見てだって」

「違うわ。会いに来てって誘ったのよぉ」

「うそー、なにそれ―」

円の周《まわ》りの席の女の子たちが騒ぎだす。

「職員室に来なさいって言っただけだよ」

円は、テキストを重ねながら肩をすくめた。

「そうなのぉ？」

脱線娘の美奈子が、校則違反のアイメイクをしている目をぱちぱちとさせた。

「周…夏目先生が、教室で先生がそう言ったらそういう意味だって」

私も言われたぁい。夏目先生でも岬先生でも、どっちでもいいからぁ」

どっちでもいいんだ。美奈子の言葉に苦笑いしながら、円は教室を出ていった。

でも、なんの用だろう？　昼休みが始まるし、職員室まで行くのは面倒《めんどう》なので、円は急いで岬を追いかけた。

「このあいだ迷惑かけたお礼に、外でランチごちそうしたいんだけど……どうかなって」

なにかと思ったら……。ていうか、迷惑かけたお礼って日本語ヘンじゃない？

などと思っても、一応先生である人につっこみを入れるわけにはいかない。

「ありがとうございます。でも、外食は校則で禁止されてるし、残念だけど僕…」

「いいなぁ。ママのお弁当持ってきてるんだ」

「……」

円は小さく首を横に振った。そして、母が亡くなったことと、漫画家の長男のアシスタントのひとりが元板前で、毎日弁当を作ってくれることを話した。

岬は「I'm very sorry」と慰《なぐさ》めの言葉を言ってから、「板前弁当、今度食べさせてくれない？　手作りのお弁当なんて食べたことないんだよね」と笑った。

屈託《くったく》のない岬の笑顔に、円もつられるように笑ってしまう。

「じゃあ、今日どうぞ。僕はいつでも食べられるから」

「Yes!《やったー！》」

円が言い終わらないうちに、岬が抱きついてきた。後ろで、数人の女生徒がきゃーっと叫ぶのが聞こえた。

「噂になっちゃうとまずいから、ふたりきりになれるところでいっしょに食べよっか？」

「え…？」

円は、瞬《まばた》きをして岬の顔を見た。

「じつはランチは口実で、マドカにお兄さんのことで相談にのってもらいたいんだ」


「保健室でごはん……？」

周のことでと言われて無視することができず、円は岬に促《うなが》されるままに購買部《こうばいぶ》でパンとミルクを買ってもらったのだが……。

「食堂だと女の子たちがうるさいし、ここってなんか落ち着くんだよね」

勝手知ったるといった様子で、岬はさっさとテーブルにつく。

「先生って、身体弱いんですか？」

円は保健委員なので、岬が空《あ》き時間によくベッドで寝ていることを知っている。

「身体は元気なんだけど、たぶんここが弱いんだと思う」

胸を押さえてみせる岬に、円はくすっと笑った。

人みしりな猫みたいな人だ。

黙っていると近寄りがたい雰囲気で、授業中も愛想《あいそ》がないのに、個人的に会うと気さくで面白い。

「岬ちゃん、留守番頼んでいい？」

そう言って、校医の木津《きづ》は火のついていない煙草《たばこ》をくわえ、オヤジサンダルをパタパタいわせて出ていってしまった。

木津はたぶん三十そこそこでまだ若いのだと思うが、無精髭《ぶしょうひげ》は生《は》やしているし、白衣はいつも煙草臭いし、身長は１８０以上あるし、およそ保健室の先生というイメージからかけ離れている。

「木津先生、ふたりきりにしてくれた。彼って、へらへらしてみせてるけど、やっぱschool doctorだね。気が利《き》く」

「煙草吸いたいだけだと思いますけど……」

それはいえてると肩をすくめてから、岬は苦々しい顔をしている円に微笑《ほほえ》んだ。

「マドカはまじめちゃんだね」

どうせまじめだよ。そう言われるのが嫌いな円は、少し怒った顔でサンドイッチの袋を破《やぶ》った。

「お礼するとか言って、逆になっちゃったね」

「たまには購買のパンも新鮮でいいです」

「やーさしいんだ」

岬は円を見て笑い、それからふっと憂鬱《ゆううつ》そうなため息をついた。

「でも、お兄さんは冷たいよねぇ……」

「こないだも言ったけど、ほんとに周は誰にでも…」

「僕だけ特別」

「え…？」

「どうして、お兄さんは僕にだけ意地悪なんでしょうか？」

相談というのはこのことらしい。円は、ストローをくわえながら首をかしげる。

それはこっちが聞きたいくらいだ。ほんとに、周はどうして岬にだけ冷たいんだろう。

「もしかしたら、岬先生に女の子の人気さらわれて拗《す》ねてるのかも……うん、きっとそうだと思う。今朝も自分のファンが先生にからんでるの見てむっとしてたみたいだし」

ありえない理由だし、周の機嫌が悪かったのはそんなことじゃないのはわかっている。でも、落ち込んでいる岬を元気づけるには、そうとでも言うしかない。

「そっかぁ……この顔がまずかったのか。凪子《なぎこ》を恨んじゃうなぁ」

「ナギコ？」

「母親。性格は悪いんだけど、すっごい美人でさぁ……僕、彼女の外観《がいかん》だけ似ちゃったみたいなんだよね」

よく言うなぁと少し呆《あき》れながら、岬が言うと嫌味に聞こえないのが不思議だと思った。

「僕は、女の子より夏目先生にモテるほうが嬉しいんだけどね」

「えっ…」

「Didn't I tell you?《言わなかったっけ？》」

円は、さらに大きく目を見開いた。

「Just joking.《冗談だよん。》まじめにとらなーい」

「なっ…」

「元気づけてくれてありがと。いっただきまぁす」

あははと笑って、岬は弁当箱のふたを開けた。

「It's gorgeous! Beautiful! Fantastic! 日本に来てよかったぁ。板さんによろしくね」

飾らない岬の言葉に笑いそうになりながら、円は内心首をひねっていた。

少し壊《こわ》れたところもあるけれど、こんなに明るくて素直な人なのに、周はどうして……。

「昔ふられた人に似てる……とかね」

「え…?」

どきっとして、円は岬の目を見た。

岬はきれいな花形になったにんじんの煮つけを箸《はし》で持ち上げ、片目をつぶった。

「僕みたいな美人の彼女にね」


「ああいうタイプ苦手やねん」

その日の夜、家庭教師のついでになにげなく聞いてみると、周はあっさりと、でも意外すぎる答えを返してきた。

「タイプって……べつに恋人じゃないんだから」

「……」

冗談で言ったのに、円の問いに周は一瞬答えに詰まる。

もしかして逆なんじゃないの?

隼人も最初の頃、円のことを無視していたのは嫌いだからではなく逆だからだった。円も周に彼女がいると思っていた頃は、わざと嫌いみたいな態度をとっていた。

「エンちゃんかて、苦手な人間おるやろ?」

テキストを閉じると、周は不機嫌な顔でそう言った。

あれが個性というか魅力で、わざとやっているわけじゃないと思うけれど……。

岬は、ひと言しゃべるたびに、人のことをどきりとさせるようなところがある。

周といてどきどきするのとはぜんぜん違う意味で、あの人といると、温度差のある場所を行き来してる温度計みたいな気分になってしまう。初めて会ったときも、知らないあいだにどんどんペースに巻き込まれてしまっていた。

「でも……苦手だからって、ああいう態度とるのってよくないと思う」

円の言葉に、周は黙ってテキストとノートを重ねた。

「新しい職場に来たばっかりの人なんだから、先輩としてもう少し親切にしてあげなよ」

「はいはい、わかりました。明日から手とり足とり親切にしてあげます。愛想よう挨拶もします。おはよーってな」

「……」

そんな言い方って……。周らしくないなげやりな言葉に、円は傷ついたような目をした。

「ご、ごめん。俺が悪かった」

あわてて謝る周に、円はふいと横を向いた。

「言いたくないなら言わなくていいっ」

部屋から出ていこうとすると、周が手首をつかんだ。

「待って。ほんまのこと言う。カッコ悪いから言われへんかってん」

「え…？」

円は目をこすりながら振り向いた。

「あいつ……昔俺のことふったやつにちょっと似てるんや」

「……」

岬先生、ビンゴだよ。円が顔を見つめると、周は恥ずかしそうに頭に手をやり、「そういうことや」と言った。

「気持ちはわかるけど……それって大人げなくない？」

「すんません。反省してます」

いつもの周の表情に、円もほっと笑みを浮かべた。

「わかればよろしい」

冗談っぽく言って、周の頭をぽんぽんと叩く。

理由がわかって安心した。

でも、周をふった人がいたなんて……。

それも、岬先生に似てるってことはかなりの美人で……。

自分と違って、二十三歳の周に過去につきあっていた人がいても不思議じゃないけれど……。

ルックスだけでなく、どんな人だったのか気になる。と同時に、そんなことは知りたくないとも思った。

気にしないでおこうと決めたのに……。

周をふった人に似ているとわかると、岬から目が離せなくなってしまった。

授業中も、つい岬の顔ばかり見てしまう。でも、似ている人がいるだけで周を動揺《どうよう》させてしまう、そんな過去の恋人のことがますます気になってしまうだけで、なにもいいことはない。

今日も岬はきれいで……。でも、なんとなく元気がないように見える。また二日酔いかもしれない。などとうわの空になっていたら……。

「岬ちゃんっ⁉」

読んでいたテキストが手からすべり落ちたと思った瞬間、岬はふっと目を閉じ、崩《くず》れるように倒れてしまった。

「岬ちゃんてば、どうしたの⁉」

女生徒たちの悲鳴に近い声で、教室はパニックになっていた。近くにいた男子生徒が声をかけると、岬はすぐに目を開けたが、

「だいじょうぶ……騒がないで。ちょっと休ませて……」

弱々しく微笑むと、また眠るように目を閉じてしまった。

「岬ちゃぁん、死んじゃだめっっ」

騒がないでという岬の言葉を女生徒たちは無視し、泣きだす子まで出て、教室の中は騒然《そうぜん》となった。

「こらぁっ、やかましいっ」

隣で授業をしていたらしい周が、騒ぎを聞きつけて飛び込んできた。

「周っ」

円は立ち上がって叫んだ。

「エンちゃんとこのクラスか。なんの騒ぎや。ケンカしてんのか？」

「違うよ。岬先生が倒れちゃって」

「……!」

周は顔色を変え、女生徒を押しのけて岬のそばに駆け寄った。

「岬っ」

円は大きく目を見開いた。周は岬のことを藤沢《ふじさわ》ではなく、「岬」と名前で呼んだ。

周は女生徒たちに静かにするように注意し、岬の手首の脈《みゃく》を取り、そのまま指を自分の頬《ほお》に当てて体温を診《み》た。

「周……」

目を閉じたまま、岬が言った。声は聞こえなかったけれど……円には岬の唇が微《かす》かに動いたのがわかった。

「悪いけど、おとなしい自習しとって。あ、こん中にクラス委員おる?」

この授業は自由選択コースなので、いろんなクラスの生徒が混じっている。周の言葉に、A組の男子のクラス委員が手を上げた。

「職員室行って、ここと隣、自習になってるん報《しら》せといて」

てきぱきと指示を与えると、周は岬を抱き上げ、教室を出ていってしまった。

いきなり倒れた岬のことも心配だったが、それよりも、べつのことが円の心を占《し》めていた。

周は咄嗟《とっさ》に、藤沢ではなく岬と呼んだ。岬の唇は周と言っていた。

うっすらと感じていた不安な予感は、確信に変わっていた。

藤沢岬は、周が昔ふられた相手に似ているのではなく……。


「じゃあ……行ってきます」

円はそう言って、ざわざわしている教室のドアを閉めた。

岬のことを心配して、女生徒たちが頭が痛いだの生理痛だのと、仮病《けびょう》で保健室に行こうとするので、監督に来た教師が保健委員の円に代表で様子を見てくるように命じたのだった。

保健室の前まで来ると、ドアが開いたままになっている。周が閉めなかったのだろう。中に入ると、木津は戸口に携帯電話の番号を書いたプレートを引っかけて、また煙草を吸いに行っているらしく姿が見えない。

「アホかっ」

仕切りのカーテンの向こうから周の声が聞こえ、円は早足でベッドのほうへ歩いていった。

「ガキやないんやから、メシくらいひとりでも食えよ」

どうやら、岬はちゃんと食事を摂《と》っていなくて倒れたらしい。二日酔いで電車の中で具合が悪くなったり、困った先生だ。

「自分のこと大事にせえ言うたやろ。五年も経《た》ってるのに、ぜんぜん成長してへんやないか」

周の言葉に円は足を止め、同時に息も止めた。そして、カーテンの陰《かげ》でふたりの会話に耳をすませる。

「周は大人になった。惚《ほ》れ直しそう」

「アホ。今さらなに言うてんねん」

鼓動《こどう》が速くなる。周と岬は知り合いで、しかも……。

「なんでいきなり現れるんや」

「心乱れちゃった？」

「……乱れてへん」

「乱れてたじゃない。知らん顔しちゃって」

「……」

周の沈黙がなにを意味しているのか、円にもわかった。あの夜の予感どおり、周は岬のことを忘れていないから、気になる人だから、わざと冷たい態度をとっていたのだ。

「偶然なんか？」

「LA《エルエー》でマリアにナンパされたところまではね」

この夏休みに、ロサンゼルスで歌舞伎のアメリカ公演が行われ、岬はそこでマリアに声をかけられたのだという。マリアが歌舞伎の女形《おやま》が大好きで、美形の日本人男性に目がないのは有名な話だ。

「女性には興味なかったけど……」

岬は、もったいぶるようにふふっと笑った。

「彼女、大阪弁で話しかけてきたんだ」

胸がどきんと鳴った。わかりたくもないのに、岬の気持ちがわかってしまう。

好きな人の使う言葉は、どこの言葉でも特別な言葉になる。自分にとっての大阪弁がそうであるように、岬にも……。

「彼女が東京の高校の英会話の講師をやってるって話から、夏目周っていう英語教師に大阪弁を教えてもらってるってことがわかって……」

岬はひと呼吸置き、つづけた。

「日本の連絡先も聞かずに別れたから、これは神さまがくれたチャンスだって思ったんだ」

「ほな、マリアが家族の病気で帰国遅れるいうんは……」

「ここから先は、神さまは無関係だよ」

マリアに周とのことを話したら、『めっちゃロマンチックやんかっ』と大阪弁で叫んで、岬とのデートと引き換えに、一ヵ月だけ講師を代わってくれたのだという。

「ごめんね。同僚にばらしちゃって」

「……」

絶句する周に、円も思わず青くなる。

「大丈夫。誰にも言わないって約束してくれたから」

楽しげに報告する岬に、

「別れよう言うたん、おまえのほうやろ」

周は、イライラした声で話をもとに戻した。

「そばにいてくれないやつなんか、すぐに忘れるはずだったんだ。でも…」

「なんで今さら……」

周は語尾をため息にして言った。怒っているように聞こえるが、はっきりと戸惑いが混ざっているのがわかる。

やはり、ふられた人に似ているのではなく、当の本人だったのだ。周の不可解《ふかかい》な振る舞いの理由が、一気にわかってしまった。でも……。

周はどうして嘘をついたんだろう。いや、それよりも、岬にどう応《こた》えるつもりなんだろう。

「悪いけど、俺……恋人おるから」

円は、ほっと肩の力を抜いた。

「So what?《それがなに?》」

「なんでやねん」

周の声は怒っていた。

「Because I say so《僕がそう言ってるから。》」

岬の言葉に、けれど、周は反論しなかった。

中がしんと静かになり、円は思わずカーテンの隙間から中をのぞき見た。

「逢いたかった……」

岬は半身を起こし、ベッドサイドの椅子に坐《すわ》った周に抱きついて泣いていた。

周は背中を向けていて表情が見えない。でも、しがみついてくる岬の腕をほどこうともせず、黙ってされるがままになっている。

円はこの場から逃げようとした。

が、折りたたみ椅子にぶつかり、音を立てて倒してしまった。

「エンちゃん……」

飛び出してきた周は、そこにいるのが円だと知って青ざめていた。

「ご、ごめんなさい。監督の先生が女の子たちが治まらないから、岬先生の様子見てこいって……」

「もう大丈夫や。迷惑かけたな」

「周が謝ることじゃないじゃない」

知らん顔をすれば聞かなかったことにできるのに、声にネガティブな感情が入り込んでしまった。

「そ、そやな」

気まずい空気が流れる。周の顔がまっすぐに見られない。

「あらら……マドカに聞かれちゃったんだ」

カーテンを開いて、岬が顔を出した。

もう涙は消えている。

「その顔はもしかして、周がそういう人だって知らなかった？」

意外に元気そうな岬の顔色にほっとしながら、円は首を横に振る。

「なら話は簡単じゃない。ちゃんと知っててもらったほうがいいよね？　僕たちの関係」

「ええから、おまえは寝とれ」

「僕、聞きたい」

円が言ったので、周は目を見開いて止まった。岬はちらっと周を見て、それから円に向かって「だよね」と微笑んだ。

円は大きくうなずいた。

「All right……」

周は観念したように、天井に向かってヤケ気味なため息をついた。


予想どおり、岬は周が留学中につきあっていた人だった。

けれど、親との約束だった三年が過ぎ、周が日本に帰ることになったとき、『そばにいてくれないやつを恋人だとは思えない』と言って、岬は日本での連絡先も聞かず、周と別れてしまったのだ。

「でももう、僕らを隔《へだ》てるものはなくなったんだ。日付変更線以外には」

岬の言葉に、円はどきっとして周の顔を見た。

「なに言うて…」

「凪子、結婚したんだ」

「……!」

凪子というのは岬の母の名前だ。周はなぜか驚いた顔で岬を見た。

「それも、凪子が選んだとは思えないくらいまともで、誠実で信頼できる人なんだ」

「そっか……」

ほっとしたように、周が小さく肩で息をつくのがわかった。

たぶん岬は、母親のために周を選ぶことができなかったのだ。

「今度は、帰らないいって選択だってできる。だから……マリアの申し出を受けて、飛んできたんだ」

「……」

周は額に手を当て、頭の中を必死で整理しているような顔で黙り込んでしまった。

「そういうことだから、よろしくね」

周のリアクションをネガティブととらず、岬は嬉しそうに円に笑いかけた。

恋人がいるとはっきり言われたのに、この自信はなんなんだろう。おまけに、岬は円が現在の周の恋人である可能性をまったく考えてもいないらしい。

「エンちゃん、よろしくなんかせんでええからな」

目と口を開いた周は、いつもの周に戻っていた。でも……。

「マドカは僕のクラス取ってんだもん。嫌でもよろしくしちゃうよね」

円に笑いかけながら、岬は周の腕に手をからませた。

「俺はよろしくせえへんからなっ」

口ではそんなことを言いながら、周はすっかり昔の目線で岬を見ている。遠ざけるような態度だったときとは、言葉にこもった温度が違う。岬の手をほどこうともしない。

でも、いちばんショックだったのはそんなことではなかった。

開けっ広げな周が、自分を現在の恋人だと岬に紹介してくれなかったことだった。


「エンちゃん、天気予報始まっとるよ」

さやえんどうのすじを取りながら、堀江《ほりえ》が声をかけてくれる。

円はあわててテーブルの上のペンを握り、テレビに意識を向けた。

夕方の天気予報を記録するのは円の日課で、情報を正確に聞き取る能力を鍛《きた》えるためと、メモ取りの訓練のためにやっている。

なぜ天気予報なのかというと、情報の密度が濃いのと……もうひとつは、どことなく周に雰囲気の似ている、ハンサムな気象予報士の青山《あおやま》さんのファンだからだった。

いつもは楽しみな時間なのに……。

「どないしたん？　ぼんやりして」

ピンクのエプロンをした堀江が、心配そうに円の顔をのぞき見る。

円は首を横に振って、「お腹へっちゃったみたい」と笑った。

「ほな早《は》よ作るし、がんばって勉強してな」

「ありがと、堀ちゃん」

元気のない顔をしていると、こんなふうにお兄さんたちがみんなして心配するので、気をつけなくてはいけない。

それに、通訳だった母に教えてもらったプロの訓練方法は、〝継続は力〟以外のなにものでもなく、つづける根気《こんき》と、必要なときに集中できる精神力が必要だ。

しっかりしないと、母さんに叱られる。

そう自分に言い聞かせるが、テレビから聞こえてくる情報は頭を素通りしていってしまう。

もちろん、原因はわかっている。今日はもう、これ以上勉強をつづけることが不可能なことも……。

円はあきらめてペンを置いた。

『夏に日本上空を覆《おお》っていた太平洋高気圧が南下して……』

テレビの画面の中では、青山さんが爽《さわ》やかな笑顔を振りまきながら、関東地方に雨の季節がやってきたことを告げていた。

3

「岬《みさき》には近づかんほうがええと思う」

こんなことを言うなんて、明らかに周《しゅう》は動揺している。

勉強机に椅子を並べて、腕がふれあう距離にいると、どんなに声や表情で平静を装《よそお》っていても、そうじゃないと身体のほうが感じてしまう。

「どうして？　無理だよ。岬先生のクラス取ってるんだよ」

「授業はしゃあない。個人的にはいうことや」

いつものように家庭教師をしてくれたあと、深刻《しんこく》な顔でなにを言うのかと思ったら、保健室で言っていたことのだめ押しをしてきた。

もちろん円《まどか》自身も、岬とはこれ以上お近づきになんてなりたくない。でも、周にそんなふうに言われるのはおかしい。

「どうしてそんなこと言うの？」

わかっているけど、訊《き》いてやる。

「あいつは危険なんや」

「危険って……ちょっと常識ないとこあるけど、授業まじめにやってるし、悪い人じゃないよ」

「ええとか悪いいう意味ちゃうねん」

「じゃあ、どういう意味？」

「……」

ああ言えばこう言える、いつも口の立つ周にしては珍しく、返事に詰まっている。

「周、自分が自信ないんじゃないの？　嫌いで別れたわけじゃないんだもんね。障害がなくなって、まだ気持ちが残ってるから…」

「残ってへんっ」

今度はきっぱりと言う。

「あれは過去から来た幽霊や。いや、悪霊や。近づいたらあかん」

円は、しらっと周を見た。

岬先生が倒れたとき、あんなに心配そうな顔してたくせに、そんなひどい言い方するなんて……。

絶対にあやしい。

「じゃあ、どうして僕とのこと岬先生に隠す必要があるの？」

ノリで、訊《き》きたかったことを訊いてしまう。

「エンちゃん、学校では先生と生徒でいよう言うてたやんか」

「でも、周がばらしたんじゃない」

「そやから、兄と弟いうことにしといたほうがええやろ。エンちゃんとしても」

話をすり替《か》えようとしている周に、気持ちが焦《あせ》ってくる。

「ほかの人はともかく、岬先生にはほんとのこと知っててもらいたいなって……」

語尾《ごび》が、自信なさげにフェイドアウトしてしまう。

こんな子供とつきあってるって、知られたくないの？　円は訴《うった》えるように周の目を見つめた。

「教えたら、岬がますますエンちゃんにからんでくるやろ。あいつ、人の気持ち引っかき回すん趣味やから……」

周の言いたいことはわかる。岬はたしかに、悪気ではなく人の気持ちを翻弄《ほんろう》するようなところがある。でも……。

「周の中でちゃんと終わってることなら、岬先生がなにしようと、そんなにうろたえることないじゃない」

「べ、べつにうろたえてへん」

周は、言っていることと表情が一致していない。きっと何度も岬に、気持ちを引っかき回されたことがあるのだろう。もちろん悪い意味ではなく。

「うろたえてる」

円が顔をのぞき込むと、周は両手をホールドアップした。

「わかった。ほんとのこと言う。めっちゃうろたえてます。はい」

「……！」

円は、泣きだしそうな顔で周を見た。

開き直って、そんなに簡単に肯定《こうてい》することないじゃない。

「けど、俺がこわいんは岬とちゃう。エンちゃんや」

「え…？」

「やっと夏休み終わりにしてもろたのに、また波風立って、今度は冬休みにされたらどないしよて」

「……」

円が目を瞬《また》かせると、周は拗《す》ねたような顔で目をそらした。

「せっかくふたりきりで旅行できるチャンスやのに……冬休みにされたら、ただの語学研修になってしまうやんか」

「……」

一瞬間を置いて、円はぷっと吹き出した。ほんとだ。

「笑いごとちゃうよ。もう恋人、休みにされるんはごめんやねんからな」

そう言って、周が抱きしめてくる。

周の体温に誘われるように目を閉じると、雨が庭の花水木《はなみずき》の葉を叩く音が聞こえてきた。

僕だって嫌だ。いっしょに暮らしているのに、あんなふうに淋《さみ》しいのはもう……。

「ただのお兄ちゃんとしてエンちゃんと旅行するなんて、一日やって耐えられへん」

「……」

周の言葉に、円は目を閉じたまま頬《ほお》を赤くした。

「そやから、岬には近づかんといて。俺らの関係もオフレコや。ええよな？」

「……うん」

円がうなずくと、長い指がそっと顎《あご》を持ち上げ、周がゆっくりと唇を重ねてきた。

これって口止め料……？

そう言ってやりたかったのに、周のキスがやさしくて、それに応《こた》えているうちにすっかり忘れてしまった。


「ハメられちゃったのかなぁ……」

円は、ベッドの上でかたまりになって眠っている猫たちに声をかけた。

恋人を夏休みにしたことを持ち出され、楽しみにしている旅行の話に持ち込まれ、手なずけるようなキスで、まんまと丸め込まれてしまった気がする。

でも、周がそんなにも、自分との関係を大切にしてくれているということの証《あかし》でもあるわけで……。

「許してやるか……」

アンコが大きく口を開けてあくびをしたので、抱き上げて小さな頭に鼻をこすりつける。

一日雨が降っていたのに、猫の毛はなぜか日向《ひなた》の匂いがする。

晴れた日の庭を駆け回りながら、太陽の光を毛の中に蓄《たくわ》えているのかもしれない。雨の日もふんわりしていられるように……。

でも、人間はそうはいかない。雨が降ると、なんとなく気持ちも沈んでしまう。とくに心に不安があるときには……。

「周、大丈夫かな……」

自分を想ってくれているのはわかったけれど、同時に、よっぽど自信がないらしいこともわかってしまった。

自分に逢うために日本に来たと岬に言われ、動揺というよりこわがっている。

でも、岬がこの学校に、いや、日本にいるのはあと二十日ほど。学園祭の頃までの話だ。

そのあいだ、周の言うところの波風が立たなければ、無事に冬休みにハワイに行けるんだから……。

眠っていたシラタマとキナコが膝《ひざ》によじ登ってきたので、三匹まとめてぎゅっと抱きしめる。

周の言うとおりにしよう。

疑うよりも、信じる気持ちのほうが心を温かくしてくれるから……。


周と約束してしまったから、適当な言い訳をしてさりげなく避《さ》けていたけれど……。

元カレの弟で〝命の恩人〟だからと心を許してくれている岬を、そうそう無下《むげ》にすることもできなくなってきた。

放課後、学校の近くのカフェに誘われて、これがきっと周の言っていた〝危険〟ということなのだろうと思いながら、人懐っこい笑顔に負けてついてきてしまった。

「マドカ、ドーナツも食べたくない？」

カウンターで飲み物をオーダーしながら岬が言い、円はこくんとうなずいた。

岬のことを知るのは、自分の知らない周を知ってしまうようでこわい。でも、知らずにいるのはもっと不安だった。

ついてきてしまった理由は、本当はこっちだった。

テラスのテーブルにトレイを置きながら、

「可愛《かわい》い弟に、僕とのこと知られたくなかったみたい。思いっきりばれちゃって、昔の周に戻ってくれた。ありがと」

やっとお礼が言えたと嬉《うれ》しそうに微笑《ほほえ》まれ、わざと避けていたことに胸がちくりと痛む。

「べつに……お礼されるようなことしてないです」

「マドカ、励《はげ》ましてくれたじゃない」

「……」

岬の言葉に、胸の中の気持ちがさらに複雑になる。

あのときはまだ、周の元恋人だなんて知らなかったし……。アイスラテのストローをくわえながら、円はちらりと岬の顔を見る。

「離れたって、好きなら遠距離恋愛とかできるのに……どうして、簡単にさよならにしちゃったんですか？」

「自分勝手な理由だよ」

自分勝手……？　円は不思議そうに岬の顔を見た。

「周が帰っちゃうからじゃなくて、自分がついていけなかったから……だから、周のことふったんだ」

「どうして……」

「好きな人が淋しい思いしてると、自分が苦しいから……」

ぜんぜん自分勝手な理由じゃないじゃん。円はきゅっと眉を寄せた。

「引越しと転校くり返してるうちに、離れたらなにもかも終わりなんだって、悟《さと》っちゃってたしね……」

あきらめ上手になる気持ちは、円には痛いほどよくわかる。

「でも、周はそう思ってなかったんだね」

岬は淋しそうな目でうなずいた。

「周が正しかったって、いなくなられてすぐにわかったけどね」

「……」

「周は僕の正義の味方だったから……」

思いがけない岬の言葉に、円は口にしていたストローをぽろっと放した。

「いじめられることはあっても、誰かに守ってもらったのなんて初めてだったから、生まれての鳥のヒナみたいに、周にimprinting《刷り込み》されちゃったんだよね」

違うハイスクールだったふたりが出会えたのは、岬が数人の同級生にケンカを売られていたのを、通りがかった周が助けてくれたからだった。

正義の味方という言葉は、自分にとっては特別な意味を持っていて、だから、このちょっと子供っぽい単語をこっそりと秘密の宝物のように大切に思っていた。

なのに……。

海の向こうの、存在も知らなかったライバルにとっても、同じ意味を持っていたなんて……。

「Any help?《参考になった？》」

岬に問われ、円はあわてて笑顔を立て直す。

「OK, 命の恩人のマドカにだけ特別に話したんだから、周には絶対にしゃべっちゃだめだよ」

「……」

ショックの連続にめげそうになる。

岬はやっぱり大人だ。周を思いやって別れたことを話せば、周の気持ちが動くのはわかっているのに……。

円が黙り込んでいると、

「Understood?《わかった？》」

岬は円の前髪を引っぱった。

「は…はい」

「じゃあ、僕からも質問していい？」

円が怪訝《けげん》そうな顔でうなずくと、

「周の恋人ってどんな人？」

「……」

どきんとしたのは、いつか訊かれると思っていたことを訊かれたからだ。

答えはもちろんひとつしかない。でも、周に止められているから、言うことはできない。

一瞬の沈黙のあと、円は小さく首を横に振った。

「そっか……知らないんだ。でも、相手が誰でも、マドカは僕のこと応援してくれるよね」

「……」

円はストローをくわえたまま、曖昧《あいまい》に微笑んだ。

「大丈夫、簡単だからやってみて」

岬はふわりと笑い、

「Keep your fingers crossed《幸運を祈ってて。》」

人差し指と中指をクロスさせた。

円も同じ仕種《しぐさ》をしてうなずいた。

こんなふうに屈託《くったく》なく言われて、ノーと言える人なんていないと思う。

でも……。

励ましてとか応援してとか口では言っているが、岬に自信があることは表情を見ていればわかる。というか、全身から自信のオーラみたいなものを感じてしまう。

現に周の恋人である自分は、岬を目の前にして、もともとない自信がぐらぐらになっている。

同時に、周がうろたえていた本当の理由がわかってしまった。

岬は、周がいちばんつらかったときにそばにいた特別な人だった。

呆《あき》れるくらい能天気《のうてんき》なのに、その一方では痛みを知っている。

それが岬の人を惹《ひ》きつける磁力《じりょく》の一部になっていて、周はそれをこわがっているに違いない。五年前の自分がそうだったように……。

不安な気持ちを抱いていると、それを証明するような出来事を引き寄せてしまうらしい。

化学実験室に行こうと一階の渡り廊下を歩いていたら、職員のための喫煙室《きつえんしつ》で、周が校医の木津《きづ》と煙草《たばこ》を吸っているところを目撃してしまった。

セーターやシャツに残った香りで、周がときどきどこかで吸っているのは知っているし、しょっちゅう喫煙室にいる木津がいても不思議じゃない。

驚いたのは、岬がいっしょにいたからだ。

しかも、ふと見た瞬間、周の吸っている煙草を取り上げて、自分の口に持っていくのが見えてしまった。

円とカフェに入ったときには当然のように禁煙席を選んだのに、岬は煙草を吸えるらしい。すぐに周が怒ったような顔で取り上げたが、その煙草を当たり前のような顔でくわえるのを見て、ぎゅっと喉《のど》の奥が痛くなった。

三人は雑談をしながら笑っていたが、煙草を吸っている周の隣にいる岬は、自分といるときとは違う大人びた表情に見えた。

ふざけたことばかり言っているのは、こっちの年齢に合わせてくれているだけなのかもしれない。

そして、岬の隣で煙草を吸ってる周は、誰か知らない人のように見えた。

「どうした？」

隼人《はやと》が、立ち止まってしまった円の顔をのぞき込む。

「なんでもない」

「カウント1？」

「ちがーよ」

「わっかりやすいんだからな、円は」

勝手に人の気持ちを決めつける隼人に、

「ほんとに違うってばっ」

むきになって噛《か》みついたが、すぐに気持ちが萎《な》えてしまった。

「……ノロケられるようなこと、最近ないもん」

「マジ？」

「なにその顔」

嬉しそうな隼人の表情に、円はむっと眉を寄せた。

「弱ってるところにつけ込もうかなって」

隼人は身体を傾けて、円に顔を近づけてきた。

「ほんとにそういうことするやつって、本人に言ったりしないよ」

円は、胸に抱《かか》えていた教科書で隼人の頭を叩いた。

「あっ、そうか……し、しまった」

悔《くや》しがる隼人を見ながら、円はこっそりため息をつく。

人を好きになるという言葉はポジティブなのに、好きでいるという行為には、なぜかネガティブなこともたくさん含まれている。

すごく幸せだと思ったつぎの瞬間には、大声をあげて泣きたくなったり……。

でも、やっぱりやめられない。大好きな人を大好きでいたい。

だったら……。

円は、きゅっと唇を噛んだ。

周の口からはっきりと岬に言ってもらう。自分の恋人が誰なのかを。


そうと決めたら、夜までなんて待てない。

円は周の部活が終わるのを待って、決心が鈍《にぶ》らないうちに話してしまおうと思った。

隼人もたまには見に来いと言っていたし、体育館の二階から、久しぶりに周がボールを追う姿を見ながら待とう。

円はリュックを肩にかけて、体育館につづく渡り廊下を足早に歩いていった。

「マドカ、あわててどこ行くの？」

初めて見るジャージ姿の岬に、円は目を見開いた。

「どうしたんですか？」

「運動不足だから、体育の先生に転向しようかと思って。体育科のテスト受けるんだけど、似合ってる？」

モデルの真似《まね》をしてくるりとターンしてみせる岬に、円は笑いながらうなずいた。

同時に、胸の中に微《かす》かな罪悪感が湧《わ》いてくる。協力するという約束を、自分はこれから破り捨てに行くところなのだ。

「またまじめに受け取ってないよね？」

「ないです」

「女子バスケのコーチ頼まれちゃったんだよね。こう見えてもうまいんだよ」

「え…？」

「周がひとりで男女見てるから、暇なら手伝えって」

「……」

頭の奥が、じんと痺《しび》れたようになった。

「ねぇ、これって、いっしょにいたいとか思ってくれてるって思っていいとか思…あれ？　この日本語おかしい？」

「ごめんなさい。急いでるから、国語の先生に訊いてください」

岬に頭を下げると、円は体育館に背を向けて正門のほうへ走っていった。


周の馬鹿……。

自分には近づくなと言ったくせに、岬を部活に誘うなんて信じられない。

ふいに、一本の煙草をいっしょに吸っていたふたりの姿が浮かぶ。

あれはただの休憩《きゅうけい》時間じゃない。自分の知らない、過ぎ去った時間が再現されていた。

嫌いで別れたわけじゃないふたりを、引き離していた距離がなくなったとしたら……。

そう思っただけで、帰りの電車の中で喉の調子がおかしくなってきた。そして、家に着いたときには咳《せき》が止まらなくなっていた。

このまま家に入ると律《りつ》たちに心配をかけるので、少し治まるまでと、円は裏木戸を開けて庭に入っていった。

母のお気に入りだった花水木の周りには、春に色調の微妙に違う桃色の花を咲かせるヤマツツジが、何本も植えられている。

低木《ていぼく》だが、それぞれのツツジは、しゃがみ込めば大人ふたりくらいは隠れることができるほどに育っている。

円はその陰《かげ》に隠れて休もうと思った。が、

「な、なに……?」

植え込みの向こうから、もやもやと白い煙が立ち上っているのが見える。

口を押さえて咳をしながら、円はそろそろと煙のほうへ近づいていった。

「あっ…」

思わず声をあげてしまったのは、棚橋《たなはし》と添田《そえだ》が、植え込みの陰にしゃがみ込んで煙草を吸っていたからだった。

「わわっ…」

ふたりは同時に声をあげ、わたわたと煙草を携帯用の灰皿でもみ消した。

「ご、ごめんな。エンちゃんが庭におるん知らんかったから」

「煙《けむ》かった?」

立ち上がりながら、ふたりはしきりに円の喉の心配をする。

「棚橋さんたち……煙草吸うの?」

円は、棚橋と添田を交互に見上げた。

「俺は普通やけど、棚橋はヘビースモーカーの部類やなぁ」

添田の言葉に、棚橋は申し訳なさそうに頭に手をやった。

「こんなところで煙草吸ってるの……僕のせい？」

棚橋と添田は顔を見あわせ、細い目と太い眉をひょいと上げて笑った。

「室内禁煙は、エンちゃんがこの家に来る前からの夏目組《なつめ》のルールや」

「うそっ。だって、打ち上げでお酒禁止にしたのも…」

言いかけた円の言葉を、添田の豪快《ごうかい》な笑い声がかき消した。

「そんなんすぐにうやむやに解禁になるし、気にせんでええって。それに、煙草は前に棚橋が原稿燃やしたことあって、それでご法度《はっと》になったんや」

「ほんとに……？」

「面目《めんぼく》ない」

棚橋は定規《じょうぎ》で引いたような目をにっと弓形にし、添田は隣でうんうんとうなずいた。

ふたりの言葉はきっと本当だろう。でも、胸の中に溜《た》め込んだ気持ちを上手に処理することができない。

円がコンコンと咳をすると、棚橋が背中を撫《な》でてくれ、添田は「涼《すず》しなってきたから、早《は》よ家に入ろ」と言ってくれた。

自分だけが子供で、自分だけが大人じゃない。ただそれだけの、周知のことを確認しただけなのに……。

どうしてこんな気持ちになるんだろう。

心配してくれる棚橋と添田にありがとうと言わなくてはいけないのに、よくない感情が胸の中に溜まっていて言葉にできない。

まるで、水分をいっぱいに含んだ雨の季節の雲のように、身体じゅうが今にも泣きそうになっていた。


「数学の宿題が山ほど出てるから……」

その夜、円はいつものように部屋にやってきた周に、そう言って家庭教師を断った。

「それ、国語の教科書やんか」

隣に坐りながらつっこみを入れてくる周に、

「国語もあるのっ」

円は叩きつけるように言って、音をたてて教科書を閉じた。

「なに怒ってんの？」

「怒ってないよっ」

「言いたいことあるんやったら、ふくれてんとちゃんと言い」

周の命令形はやんわりとやさしい。叱《しか》られているのに宥《なだ》められている気分になって、きゅうっと胸が苦しくなる。

「周……僕には岬先生に近づくなとか言ってたくせに、自分は仲よくしてるじゃん」

自分の子供じみた言い方に、目の奥が熱くなって涙が出そうになってくる。

「仲ようなんかしてへんよ。エンちゃんに言われたとおり、同僚として普通に接してるだけやんか。大人げない言うて叱られるん嫌やから」

「僕のせいなんだ……」

また、子供っぽい言葉が口をついて出る。

「仲ようせえ言うたり、仲ようしたらあかん言うたり……ほんまわがままやなぁ」

「どうせ僕は…」

子供だからと言いかけて、周が自分を貶《おとし》めるような物言いが嫌いなのを思い出し、円はびくりと身体を退《ひ》いた。

「ご…ごめんなさいっ」

「アホやな。なにびびってんの。俺、喜んでんのわからへん？」

「え…？」

円は驚いて周の顔を見た。

「エンちゃんのやきもち、めっちゃ可愛い」

そう言うと、周は円の肩に手を置き、すっと顔を近づけてきた。

「やっ……宿題の邪魔しないでっ」

思わず身体を押し返し、自分で自分の態度にどきんとなって周の顔を見る。

一瞬、周にふれられるのを嫌だと思った。そんなことを思った自分がもっと嫌だった。

でも、周は意に介する様子もなく、

「はいはい、すんません。ほな、宿題がんばってな」

冗談っぽく言って部屋を出ていった。

「周の馬鹿……」

岬先生には、あんなにキツいこと平気で言うくせに……。

周が開けていったドアをにらむと、円は机の上の、閉じた教科書に突《つ》っ伏《ぷ》した。

「周には絶対にわかんないんだから……っ……」

キスが嫌だったわけじゃない。

キスして、ぎゅっと抱きしめてもらえば、こんなくしゃくしゃした気持ちなんて簡単に治ったのに……。

周のシャツ、煙草の臭いがしたんだ……。

「あの人、保健室の先生じゃなくて、喫煙室の主《ぬし》みたいだね」

美術の授業中、カッターナイフで指を切った隼人につき添《そ》ってきたのだが、いつものように校医の木津は留守だった。

電話で呼び戻してもいいのだが、消毒をして絆創膏《ばんそうこう》を貼《は》るくらいなら円にもできる。

「不良先生のおかげで、円に手当てしてもらえちった」

丸椅子をくるりと一周させると、隼人は自慢げに包帯《ほうたい》を巻いた手でピースをしてみせた。絆創膏でもよかったが、隼人があんまり嬉しそうなのでサービスで巻いてあげたのだ。

「ほんと、隼人って心が前向きだよね」

「円は後ろ向いてんのか？」

「……」

円は黙ってうつむいた。

「なんだなんだ下向きかよ。話してみ」

周とケンカでもしたと思っているのか、隼人は遠慮なく楽しげな顔をする。

円はひとつため息をついてから、岬が周のアメリカ留学中の恋人だったこと、そして、自分が恋人だと言えず、岬によりを戻す応援をしてほしいと頼まれ、断れなかったということを話した。

「馬っ鹿じゃねえの」

隼人は呆《あき》れたように、大げさに肩をすくめてみせた。

「だって、岬先生は周と同い年で、大人で…」

「年が違うのなんか最初からわかってんじゃん。そんなもんが気になるんだったら、同級生とつきあえば？」

そう言って、円の顔をのぞき込む。

「……」

無言で視線を落とす円に、隼人は眉を寄せて腕組みをした。

「自分の気持ちがはっきりしてるなら、そんなくだんないことでぐずぐず言うなよ」

「隼人にはわかんないよっ」

「円こそ、好きなやつに恋愛相談されるやつの気持ち、自分が恋愛してて、なんでわかんないんだよっ」

「いいな、いいなぁ。青春ドラマだねぇ」

隼人と円は、同時にぎょっと目を見開いて声のほうを見た。

「ここのベッド寝心地《ねごこち》いいから、空《あ》き時間に寝かせてもらってるんだけど……誰もいない保健室って、秘密しゃべりたくなる場所なんだね」

「ノゾキが趣味なんてサイテー」

隼人がにらみつけると、岬はおやおやという顔をし、円の前に来た。

「でも、マドカがライバルだったなんて……ショックだな」

「どうして……」

周の相手がこんな子供だから……？

円は不安そうに瞳を揺《ゆ》らした。

「命の恩人のマドカと争うわけにはいかないもんね。残念だけど、手引くしかないよ」

「……」

円は、ほっと小さく息をついた。が、それを見て、隼人が丸椅子を倒しそうな勢いで立ち上がった。

「おまえ、子供割引きしてもらって嬉しいのかよっ」

「……！」

円は目を見開いて隼人を見た。

「ハヤトだっけ？　五年後、もうちょっと育った君に会いたかったな。いい男になりそう」

隼人は一瞬赤くなり、それからキッと岬をにらみつけた。

「あんたもさぁ、その程度で手ぇ引けんなら、最初から現れんなよな」

「ほかの人なら遠慮しなかったよ。けど……僕、小動物いじめる趣味ないから」

しれっと言う岬に、円の中で瞬間、不安が怒りにすり替わった。

「それ、どういう意味ですか？」

「子供が大事にしてるおもちゃ取り上げるようなこと、大人としてできないって意味だよ」

隼人との話を聞いていたのだろう。岬はわざと〝子供〟という単語を強調して言った。

円は、きつく唇を嚙んだ。

挑発されているとわかっていて、湧き出してくる感情を抑《おさ》えられない。

「言ってやれよ。コーチの中には円しかいないんだって」

「言われなくても言うよっ」

今度は隼人に嚙みつく。

「君たちって素敵な関係だね。お似合いだから、周は僕に任せて、子供同士つきあっちゃえば？」

「……」

円が大きな目でにらむと、岬はふふっと不敵な笑みを浮かべた。

「いいね。やる気のないやつと無駄な争いするのは嫌いだけど、そっちがその気なら喜んでライバルとして認めるよ」

「そっちがじゃなくて、こっちが認めてやるんだよっ」

円の代わりに隼人が言った。

「どうもありがとう。これで遠慮なく恋のつづきがやれる」

きっぱりと言うと、岬はひらっと手を振って保健室を出ていった。

気が抜けて、円はへたっと床にしゃがみ込んだ。

「大丈夫か？」

差し出された手を無視して、

「隼人のせいだよ……なんであんなよけいなこと言うんだよ。そりゃ隼人は、先生と周がくっついたら…」

そこまで言いかけて、隼人がにらんでいるのに気づき、円は言葉を呑み込んだ。

「俺、コーチみたいな大人じゃないけど……好きなやつが泣くようなこと望むほどガキじゃないから」

怒っているというより傷ついた顔だった。

「隼人…」

謝ろうとする円を振り切るように、隼人は保健室から飛び出していった。

しんとなった部屋にひとり取り残され、円は肩で小さく息をついた。

傷つきやすいくせに、人の気持ちには鈍感《どんかん》で、こんなふうにすぐに傷つけてしまう。子供扱いされるのが大嫌いなくせに、やってることはまるで子供だ。

「ごめん……」

つぶやくと、きゅっと喉が絞まって泣きそうになる。

「あれ……1Bの保健委員ちゃん、ひとり？　今日はお客さんで来た？」

「……」

校医の木津の声に、円はあわてて目をこすって立ち上がった。

「どうしたの？　お腹でも痛いのかなぁ？」

顎ひげを撫でながら、顔をのぞき込んでくる。

「先生、そんな子供に言うみたいに言わないでくださいっ」

目の縁《ふち》を赤くして訴える円に、木津は面白《おもしろ》そうに目を細め、

「だって、子供だろ？」

円の額を中指でつついた。

「失礼しますっ」

木津が治療をする際に、相手が誰でもなにがしかふざけたことを言ってからかう人なのは知っている。わかっていて泣きだしそうになってしまい、円は廊下に飛び出した。

こんな気持ちのまま、というか、こんな顔のままじゃ教室にも戻れない。屋上に頭を冷やしに行こうと思ったが、廊下を曲がったとたん、

「泣かさないとか言って、泣かしちゃった？」

踊り場のところで、隼人が円を待っていた。

「泣いてないよっ」

泣きべそをかいている子供の常套句《じょうとうく》を吐いて、円はぷいと横を向いた。

「コーチとのことはべつの問題だ。円と藤沢《ふじさわ》のことは応援するから……がんばれよ」

今さっきあんなに怒っていたのに、それを言うために待っていてくれたらしい。

隼人の寛容《かんよう》さに、すんなりと素直な気持ちになってしまう。円はこくんとうなずいた。

「先生があっさり降りるって言ったとき、子供扱いされてるのがほんとはすっごい悔しかった。でも……」

「わかってるよ」

「隼人、ごめん……ううん、ありがとう」

円が笑いながら目をこすると、

「あーっ。もしかして、俺またお礼言われるようなことしちゃったのか!?」

隼人はぐしゃぐしゃと髪をかきむしり、

「悪い男にならなきゃって心がけてるのに……なんで?」

頭を抱えたまま眉を傾けてみせた。

元気づけようとしてくれている隼人に笑顔を見せながら、円は胸の中でため息をついていた。

こうなったら、がんばるしかないけれど……。

なにをどうがんばればいいのか、ぜんぜんわからない。

4

「ライバル宣言……？」

隼人《はやと》がふたりの関係を知っているということは周《しゅう》には内緒なので、保健室で隼人と話している のを聞かれて、という部分を端折《はしょ》ってしまったが、家庭教師のあとで話すことができた。

「ばれてしもたもんはしゃあないけど、ふたりで勝手になにやってんの。俺は知らんからな」

怒るかと思ったら、周は人ごとのような無責任なリアクションをした。きっと、逃げ腰になっているのを気取《けど》られまいとわざと。

「周、自信ないんでしょ。岬《みさき》先生に誘惑されちゃいそうで」

円《まどか》は冗談めかしたつっこみを入れたが、

「あいつは、そんなんとちゃうんや……」

周は円の机の上のペンをいじりながら、ひとり言みたいに言った。

そして、円は初めて、周の口から岬とのことを聞くことができた。

日本のことを思い出すことも、日本語を口にするのも嫌だった周は、最初まつわりついてくる岬を無視していた。が、周に日本から逃げ出したい事情があったことに気づき、中学生のときに渡米していた岬は英語で話しかけてくるようになった。

助けたお礼に自分を慰《なぐさ》めようとしていると思っていた周は、岬を受け入れようとしなかったが、自分を虐《いじ》めるようなことを平然とする岬に、逆に目が離せなくなってしまう。

半分引きずられる形で始まったつきあいだったが、危なっかしい岬に振り回されながら面倒《めんどう》を見るうちに、周は心にできた大きな欠落と痛みを忘れている時間が増えていることに気がついた。それがはじまりだったという。

「すぐに英語話せるようになったんは、あいつのおかげや。それに……」

周は、ふうっとため息をついてから言葉をつづけた。

「日本に戻って、もう観《み》るのもあかん思てた怪獣《かいじゅう》映画撮《と》ったりできるようになったんも……」

円がじっと見つめると、周は持っていたペンを机に転がし、さりげなく視線をはずした。

「けど……あれが恋愛感情やったかどうか、今思うとようわからへん」

そんなふうに言ってくれなくてもいい。どんな種類の感情だろうと、ふたりが恋人だった事実は変わらない。

周に過去の恋愛があることくらい、最初からわかっていた。彼女がいると思っていた頃に、そんなことは割り切っていた。

でも……。

周が岬にとっての正義の味方だっただけでなく、周にとっても岬は正義の味方だった。それがショックだった。

周の人生の中で、いちばんつらかったときにそばにいた人。自分がなりたくても絶対になれない、周と対等の立場の人。

努力してなれるなら、今すぐ大人になりたい。

ほんの少しでいいから……。


「そっか……教えてもらえばいいんだ」

机に突っ伏《つっぷ》していた円は、がばっと顔を起こした。

うちには何年か前まで学生だった年の大人が何人もいるんだから、きっと先輩としてなにかいいことを教えてくれるに違いない。円はばたばたと廊下を走り、律《りつ》の仕事部屋に行った。

「律さんたちは、どうやって大人になったの？」

真剣な目で訊《き》く円に、律とアシスタントたちは原稿を描いていた手を止め、お互いの顔を見やった。

「それって、新しいなぞなぞ？」

「えっ？」

棚橋《たなはし》に訊かれ、円はあわてて首を横に振った。

「そんなんとちゃうよな。今流行《はや》りの心理テストやろ？」

得意そうに言う添田《そえだ》にも、さらに大きく首を横に振る。

「ちうことは、あのことやな」

律は手にしていたGペンと丸ペンを頭に巻いた鉢巻《はちま》きの両脇に挿《さ》すと、腕組みをして大きくうなずいた。

「あ…あのことって？」

『八《や》つ墓村《はかむら》』みたいな律に笑いそうになりながら、円は聞き返した。

「あのことというたら、あのことやんか」

「あれしかあらへんなぁ」

「ないですわ」

勝手に納得してうなずきあっている夏目組の面々に円が困り果てていると、

「エンちゃん、エンちゃん」

律がずいとそばに寄ってきた。通販で買った居眠り防止鉢巻きにはハーブが仕込まれていて、ミントガムを開けた瞬間のような香りがする。

「遠まわしに言わんと、なにが知りたいんか、お兄さんたちにはっきり言うてみなさい。はっきりとな」

これ以上どうはっきり言えばいいんだよ……。

爽《さわ》やかなミントの香りをさせながら怪《あや》しげな笑みを浮かべるお兄さん四人に詰め寄られ、

「お仕事の邪魔してごめんなさいっ」

円はあわてて仕事部屋を飛び出していった。


「ふざけてるって思われちゃった……」

部屋に戻ると、円はベッドの上で大きくため息をついた。

ちゃんと大人になった人は、自分がどうやって大人になったかなんて覚えてないし、どういうことが大人なのかなんてわざわざ考えたりしないに違いない。

こんなことを知りたがること自体が子供の証拠なのかもしれない。

ふっともうひとつため息をつき、円はベッドの上でかたまりになって眠っている甘味《かんみ》三兄弟にかぶさった。

「猫がどうやって大人になるのか、君たち知ってるの？」

まだ子供の猫たちに、円はまじめな顔で問いかけた。

キナコとアンコは抱きあったままちらりと円を見上げ、シラタマはそんなことはどうでもいいという風情《ふぜい》で眠そうにあくびをした。

子供に訊いたのが間違いだった。

今度は、いつ子供が生まれてもおかしくない、大人のカップルに聞いてみようかと思ったが……。

アオコもアオタも無口だから、知っていても教えてくれないだろう。


この時期の気圧配置が梅雨《つゆ》の頃とそっくりなのは、秋雨前線《あきさめ》というのが、夏のあいだ北上していた梅雨《ばいう》前線が秋になって南下してきたものだかららしい。

同じ雨なのに、季節によって名前が変わるのは素敵なことだと青山《あおやま》さんは言っていたけれど……。

どんな名前で呼んでも、ぐずぐずと降りつづく憂鬱《ゆううつ》な雨であることには変わりはない。

「早くどっかに行っちゃってほしいよ」

正面玄関で傘を広げながら、円は思わずつぶやいた。

「もしかして、僕のこと？」

ひとり言に答えが返ってきたので、円はぎょっと振り返る。

「あ……」

にこにこしながらちゃっかり傘に入り込んでいる岬に、円は露骨《ろこつ》に嫌な顔をした。

「先生じゃなくて、空に居坐《いすわ》ってるお客さんのことです」

「へぇ……前線《フロント》のこと、日本じゃお客さんていうの？」

「……」

円がぽかんとしていると、

「僕のことじゃなくてよかった」

岬は嬉《うれ》しそうに笑った。

「急いでないなら、アパートまで送ってくれない？　駅と反対方向なんだけど」

「いいですけど……」

円は怪訝《けげん》そうに岬を見た。

「けど、なに？」

「僕だったら、ライバルにそんなこと絶対に頼めないなって……」

「だって、濡《ぬ》れるのやだもん」

「……」

ふっと身体の力が抜けそうになる。

この人……軽くて困る。

一生懸命がんばったりまじめにやるのは得意なほうだけれど、こういうへなへなした人を相手にするって、どうしたらいいのかわからない。

そのくせ、中身は微妙に違ってたりするから侮《あなど》れないし……。

「あ、アパートあっちだから」

「はい」

円は胸の中でため息をつきながら、笑顔でうなずいた。

ライバルであることと、雨に濡れたくないことをきれいに切り離すことができる岬に、呆《あき》れながらうらやましくなってしまった。


「焦《あせ》ったぁ……」

円が胸を押さえてほっと息をつくと、

「Well done!《よくできました！》 You ace everything《オールAあげる。》」

岬は嬉しそうに言った。

学校の成績の話ではない。突然、金髪の女性に英語で駅までの道を尋《たず》ねられ、岬に頼もうとしたら『マドカが声かけられたんだからトライしな』と言われ、なんとか周に習った英語で説明したのだが……。

「親切、度胸、笑顔。ぜーんぶA。円はいい通訳になる」

「……！」

英語の評価が抜けてる。というか、周はこんなことまで岬に話しているらしい。円は、去っていく金髪美人の赤い傘を見たまま、むっと眉を寄せた。

「いいなぁ……マドカは」

しみじみと言う岬に、いっぱいいっぱいだった円はなにそれという顔をした。

こっちこそ、うらやましい。

「勉強して知ってるのとじっさいに使うのって、ぜんぜん違う。やっぱ、留学しといたほうがよかったのかな……」

「周がいるじゃない」

「英語は教えてくれてるけど、うちって大阪に留学してるようなもんだから、欧米の文化とか習慣じゃなくて、大阪のに染《そ》まってくって感じ」

岬は「それは言えてる」と笑った。

「でも、マドカは大阪弁出ないよね。僕は周とつきあってたとき、すごいうつっちゃったよ。あかんとか、なんでやねんとか、ちゃうちゃうとか」

「……」

岬の言葉から、ふたりの過ごした日々の空気が伝わってくる。自分がまだ、周の存在さえ知らなかった頃の……。

「せっかくだから、お茶飲んでいかない？」

十分ほど歩いたところで、岬が築《ちく》二十年くらいに見える木造のアパートを見上げて言った。

「けっこうです」

自分でも意地悪かと思うくらい、躊躇《ちゅうちょ》なく断ってしまった。でも、けっこうというより、お断りという気分なのだから仕方がない。

「お酒はひとりでも飲めるけど、お茶やごはんってひとりだとおいしくないんだよね……」

岬は淋《さみ》しげに笑って、茶色い瞳を翳《かげ》らせた。


「嬉しいな。この部屋に人が来るの初めてなんだ」

岬の笑顔に、円は力なく笑った。

結局、部屋に上がり込んでしまった。

ひとりで食事をする気持ちを知っている円には、『ひとりだとおいしくない』という岬の言葉は、脅《おど》しに近い効果があった。

それにしても、これって……。

サザエさん一家に影響を受けている夏目家にさえない、今どき珍しい丸いちゃぶ台の前で、勧《すす》められた藍染《あいぞ》めの座布団に正座し、円は目を丸くして部屋を見回している。

岬は日本にいるあいだマリアの部屋を借りているらしいが、畳《たたみ》の部屋の、襖《ふすま》を含む壁という壁に、等身大の歌舞伎《かぶき》の女形《おやま》のポスターがびっしりと貼られているのだ。

マリアの歌舞伎好きは知っていたけれど……。

「マドカ、やり方知ってる？」

岬が笑いながら暖簾《のれん》をめくって顔を出した。もう一方の手には、急須《きゅうす》や湯呑《ゆのみ》をのせた塗りの盆を持っている。

「マリアが、自由にお茶いれて飲んでいいって言ってくれたんだけど……」

「……」

マリアの部屋もすごいが、この人も違う意味ですごい。円は苦笑いをしながら、岬から盆を受け取った。

「これって、日本のドラマとかで『粗茶《そちゃ》でございます』って言いながらゲストに出すあのお茶だよね」

円が丁寧《ていねい》にいれた緑茶を嬉しそうに飲みながら、岬はしみじみと言った。

「……」

円は一瞬呆気《あっけ》にとられ、それから、この人ならありえると納得する。岬は粗茶というのを日本茶の種類だと思っているらしい。しかも高級な。

円がお客に勧めるときに謙遜《けんそん》の意味で使う言葉だと説明すると、

「Wonders never cease……」

口では驚いたと言いながら、岬はひどくつまらなそうな顔をした。

「驚いたのはこっちなんですけど……」

円は苦笑いをしながら言った。

「誰でも驚くよね。僕なんか、何日経っても驚きっ放しだもんね」

「は？」

急に表情が変わったのは、話題が変わっていたからだった。

この部屋に布団をしいて寝ていると、電気を消しても女形たちの視線を感じてしまって、岬は日本に来て以来、ほとんど熟睡できていないのだという。

しょっちゅう保健室で寝ているのは、そのためだったらしい。

「でも、先生って、自分でも歌舞伎観に行ったりする人なんですよね？」

円が素朴な疑問を投げかけると、

「It wasn't my choice《僕の意志じゃないよ。》」

岬は不満そうな顔をした。

日本人のくせにそんなに日本の伝統文化に疎《うと》いのはよくないとアメリカ人の友人に批判され、チケットを無理やり渡されてしぶしぶ行ったというのが真相らしい。

〝渡る世間にワニ〟の人だもんね……。

円がうつむいて笑っていると、岬は畳の上を這《は》うようにしてにじり寄ってきて、じっと目を見た。

「ねぇ、マドカ。お茶だけじゃなくて、夕食も食べていってよ。お願いだから」


今度こそ断ろうとしたが、だめだった。

わかっていて脅迫《きょうはく》しているのかもと疑いながら、岬に頼まれるとなぜかノーと言えなくなってしまう。どうしてだろう。

しかも、食べていってという言葉はなんだったのか、冷蔵庫の中にはアイスクリームとアルコール類しか入っておらず、いっしょにスーパーマーケットに買出しに行き、結局円が作る羽目《はめ》になってしまった。

得意料理がコーンフレークのヨーグルトがけだと自慢げに言う人間の料理に期待するよりも、自分で作るほうが早いし安全だ。

「Gorgeous! Beautiful! Fantastic!」

「ど…どうも」

ちゃぶ台に円が並べた和風の家庭料理を見て、岬が堀江《ほりえ》の板前《いたまえ》弁当のふたを開けたときと同じセリフを叫んだので、円は居心地悪そうにうつむいた。

堀江の料理は、簡単な惣菜《そうざい》や弁当のおかずでも、包丁の入れ方や盛りつけが素人《しろうと》とは違うので、同じほめ言葉は困る。

「どうしたの？」

戸惑った表情の円に首をかしげると、岬はさっそく円の得意料理の肉じゃがを口に入れた。

「Lovely! Super! Terrific!」

大げさな岬の表現に苦笑いを浮かべながら、料理をほめる言葉にtastyやdelicious以外にもこんなにストレートに気持ちを表現できる言葉があるのかと、単純に嬉しくなってしまう。

岬といると、学校で習った簡単な単語を、日常会話にちゃんと生かせていないことに気づかされる。と同時に、使える言葉が自然に増えてくる。

円はわくわくした気分になり、

「I'm very lucky to learn English for you《あなたに英語を習えてすごくラッキーです。》」

思わずそんなことを言っていた。

「いくらでも教えてあげるから、マドカ、僕のママになってよ」

ママ？　恋人とか奥さんでなく……？

呆れながら、なんだか可笑《おか》しくなって円はくすっと笑った。その瞬間、はたと気づいて岬の顔を見る。

僕とこの人って、ライバルなんじゃなかったっけ？　なに呑気《のんき》に和《なご》んじゃってるんだろ……。

「先生って、ほんっとに甘え上手だね」

「甘えるのは好きだよ。小学生相手でも甘えちゃう」

皮肉を言ったのに、岬には通じなかったらしい。

「だったら、周が帰るって言ったとき、お母さんに甘えちゃえばよかったのに」

円は、さらに皮肉をこめて言った。

「瓜子《なぎこ》はだめ。例外」

「例外……？」

「甘え上手っていうのは、甘えさせてくれる人がいて初めて成り立つことだから……」

肩をすくめ、珍しく苦笑いを浮かべる。

岬に言わせると、瓜子という人は、恋が本業だと言ってはばからない、しかも男を見る目がまったくない、もしくは男運のない女性だったらしい。

そんな母親を置いて、周を追って日本に帰るわけにはいかなかったのだという。

「転校ばっかしてたから……イジメに遭《あ》いやすいし、友達できないし……父親の転勤とかじゃなく、母親の彼氏の都合でっていうのがとんでもなかったけど……瓜子はたったひとりの家族だから」

たったひとりの家族。その言葉が、一瞬、岬と自分の距離を縮《ちぢ》めた気がした。

岬の母と自分の母はキャラが違うけれど、シングルマザーで父親を知らないのは同じだと、ふだんは他人に話さないことを岬に話してしまっていた。

「そうなんだぁ……。助けてもらっただけじゃなく、そんな共通点あるなんて、なんかますますマドカに遠近感感じちゃうなぁ」

「遠近感……?」

「あ、違う。わかった。近親感!」

得意げに間違う岬に、「親、近、感」と、はっきりと訂正《ていせい》してあげる。

「だいたいあってるじゃない」

だいたいって……。円は呆れたように、けろっとしている岬を見た。

「外国に長く住んでると、そんなふうになっちゃうの?」

「なっちゃったんじゃなくて、昔から国語の成績悪いだけ。英語教えてあげるから、日本語教えてくれる?」

きっと、こういうのを本当の甘え上手というのだろう。甘えるふりをして、そのじつ相手を寛容《かんよう》なまなざしで見守っている、みたいな……。

自分とは正反対だ。自分は甘えるのが下手なくせに、結果的には迷惑をかけたり負担をかけて、甘やかされている。

「先生がうらやましい……」

ことりと箸《はし》を置きながら、円はひとり言みたいに言った。

「先生はきっと、コンプレックスなんてひとつもないんだろうね」

「It can't be!《まさか!》 あるに決まってるじゃない」

岬は怒ったように言って、大げさに肩をすくめてみせた。

「じゃあ、教えてよ」

「こんなことライバルに知られたくないけど……マドカは命の恩人でもあるから特別に教えてあげる。じつは僕は……」

円は真剣な顔で岬を見つめた。

「生まれてから一度も、人に道を訊かれたことがない」

「は…?」

円は口を半分開いたまま固まった。

「さっきだってそうだよ。僕もいたのに、彼女吸い寄せられるようにマドカのほうに行って道訊いたじゃない」

「違うよ。あれはたまたま偶然…」

「Not a chance!《なわけないじゃん!》 僕だってあの朝、電車の中でマドカを見つけて、この子だったら助けてくれそうって思ったから声かけたんだ」

「嘘ばっかり。あんなに混みあってて、人選ぶ余裕なんてなかったはずだよ。たまたま近くに…」

「僕って、意地悪そうに見えるんだよ」

「……」

円はぽかんと岬を見つめ、そしてふっと身体の力を抜いた。冗談ではなく、岬は心からそう思っているらしい。そして、金髪美人に道を訊《たず》ねられたときの『いいなぁ』はこのことだったのだ。

しゅんとうなだれる岬を、円は可笑しい半分、同情半分で見つめていたが、

「でも、それって、先生がきれいだから近寄りがたいだけなんじゃ……」

だんだん腹立たしい気分になってきた。

「そうなんだ？　これも瓜子のせい？　うー、美人の遺伝子が憎いー」

頭を抱えて悩む岬に、円はすっかり冷めた気分になっていた。

ていうかていうか……そんなコンプレックスしかないわけ？

「帰りますっ」

円はすくっと立ち上がった。

「え、もう？」

「今度こそほんとに、なにがあっても絶対に帰りますっ。さよならっ」

「……」

岬は茶色い目をきょとんとさせていたが、いきなり吹き出し、それから「ありがとう」と

微笑《ほほえ》んだ。

「さ、さよならっ」

岬の、きれいで、少し淋しそうな笑顔から逃げるように、円は部屋を飛び出していった。

雨の中、早足で駅に向かいながら、円は情にほだされて部屋に上がり込んだことを思いきり後悔していた。

岬といると、周がうろたえていた理由がどんどんわかってきてしまう。

近づかないようにしたほうがいいという周の警告、素直に受け取っていればよかった。

5

「堀《ほり》ちゃん、忙しいのに手間かけさせてごめんね」

円《まどか》が謝ると、堀江《ほりえ》は「ひとつやふたつ増えたかてなんも変わらへんよ」と笑い、円にふたりぶんの弁当を渡してくれた。

「ありがと」

ほんのりと温かい包みを受け取りながら、円は母の日には堀ちゃんにカーネーションあげようかな……などと本気で思ってしまう。

がっしりとした身体に、円の母が残していったピンクやオレンジのエプロンをして、毎朝こうして弁当を作ってくれている。

一般的なお母さんのイメージからははずれるけれど、家庭的な母親を持ったことのない円にとっては、十分すぎるほどのいいお母さんぶりだ。

出会いはちょっとバイオレンスだったけどね……。円はこっそり笑って、

「あ、このこと、周《しゅう》には内緒にしといてくれる？」

「俺はかまへんけど……」

「けど？」

円が怪訝《けげん》そうな顔をすると、堀江は円の頭の上のほうに視線をやった。

あっ、と気づいて振り返ると、

「俺に内緒の話ってなんやろなぁ？」

「聞いちゃったんでしょっ」

円は包みを抱《かか》えて、ふいと横を向いた。

周は嬉しそうに目を細め、「ありがとう」と言った。

なんで周がありがとうって言うんだよ。そう言ってやりたいが、堀江の手前、我慢して呑《の》み込《こ》む。それに……。

周はきっと、もっと早くそうしてやりたいと思っていたに違いない。

「だって、あの人ろくなもの食べてないみたいだから……」

円は、仕方なくという顔をした。

「けど、岬《みさき》の健康気遣《きづか》ってやれるなんて、エンちゃんは大人やなぁ」

そう言って頭を撫《な》でてくれる。

大人と言われたのに、ちっとも嬉《うれ》しくない。周、それって子供がいいことをしたときにほめてくれるみたいな言い方だよ。頭なでなでも……。

「授業中にまた倒れられたら、勉強遅れて迷惑だからだもんっ」

周の手を振り払って憎まれ口をきくと、

「重いから、周が持ってってよねっ」

岬のぶんの弁当を押しつけ、円はばたばたと台所から出ていった。


今日は顔を合わせたくない。なんて意識していると、その想いが磁石《じしゃく》になって、逆にその人を引き寄せてしまうのだ。

五時間目の体育が終わって、教室に戻るために隼人《はやと》と渡り廊下を歩いていると、向こうから岬がやってきてしまった。

「マドカ、板前《いたまえ》ランチありがとう」

「Anytime《いつでもどうぞ。》」

アメリカに帰るまでのことだからね。円はそっけなく答えた。

べつに照れ隠しではない。岬に、そして自分自身に対しても、お互いがライバルであることを忘れないようにというデモンストレーションなのだ。

「なんだよ、円。ライバルに弁当なんか持ってきてやってんの？」

隣にいた隼人が、不満そうに口を尖《とが》らせる。

「あ、知ってる。そういうの〝敵に…」

「砂糖じゃないよ」

隼人につっこまれないうちに、先に訂正《ていせい》してあげる。

「それくらい知ってるよ。〝敵に塩を撒《ま》く〟でしょ？　相撲《すもう》レスラーがリングに上がるときにやるやつ」

「常識だろ。なに偉そうに言ってんだよ」

〝撒く〟じゃなくて〝送る〟だし、相撲は関係ない。円が苦笑いしながら、訂正すべきか迷っていると、

「あんただったら、円に面倒《めんどう》かけなくても、取り巻きの女子が弁当くらいいくらでも作ってくれるだろ」

「ひとりからもらうわけにいかないから、誰からも受け取らないって言ってあるんだ」

ちゃらちゃらしているように見えて、岬はこういうところはきちんとしている。授業中にも、できないことにははっきりとノーを言う。

円が感心したように岬を見ていると、隼人が前髪を引っぱった。

「いいのかよ。こいつバスケ部にもぐり込んで、思いっきりコーチに接近してんだぜ。円もなんか行動起こさないとヤバくねぇ？」

「行動って言われても……」

それに、岬はもぐり込んだわけではなく、周に頼まれてやっているだけだ。円は、そっと隼人の手をほどいた。

「マドカも入部すればいいじゃない」

「……！」

円は驚いて岬の顔を見た。

「あんたもたまにはいいこと言うじゃん。じつは俺もそれが言いたかったんだよ。そしたら、放課後もいっしょにいられ…」

「誰と誰が？」

じろりと隼人をにらむ。

「そ、そりゃ、この場合は円とコーチに決まってるだろ」

「……」

ため息をつく円を見て、岬はくすっと笑う。

「いいなぁ……君たちの関係」

「関係ねぇだろ」

岬をキッとにらんで、隼人は円の肩をぽんぽんと叩いた。

「そうと決まったら、さっそく今日の放課後、見学に来いよ。俺のカッコいいとこたまには見てほしいしさ」

「ごめん。今度、試合の応援に行くから…」

「逃げるんだ」

岬のひと言に、円はびくりと身体をこわばらせた。

「僕と周がいっしょにいるところ、見るのもこわい？」

「……」

図星を指され、返す言葉が出ない。早くなにか言い返さないと、そのとおりだと認めることになる。

「見に行くよ。行けばいいんだろ」

円はまっすぐに岬をにらみつけた。


「うわ……」

隼人がギャラリーが増えて練習にならないと怒っていたが、これは周がコーチになったとき以上だった。体育館の二階の手すりに、端から端までびっしりと女の子が張りついている。

近くにいた女生徒の話によると、周と岬が女子のレギュラーと組んで、男子のレギュラーチームと試合をしているらしい。

男子チームには、一年唯一《ゆいいつ》のレギュラーの隼人と、人気ナンバーワンのキャプテンの前島《まえじま》が含まれていて、『まるでオールスターゲームみたい』なのだそうだ。

なるほど、二階のホールの卓球部の女子も、舞台に折りたたみ椅子を並べて楽器を鳴らしていたブラスバンドの女子も、練習を放り出して試合に見入っている。

岬のパスから周がダンクシュートを決めると、悲鳴のような歓声《かんせい》があがり、周は「どうもどうも」などと言いながら、嬉しそうに手を振って声援に応《こた》えている。

この状況を、隼人のように『うるさくて迷惑』などと思わず、周は大いにエンジョイしているらしい。

岬は周と違って愛想《あいそ》を振りまいたりはしていないが、二日酔いで青い顔をしていたり、空腹で倒れたりする人と同一人物とは思えないほど生き生きとコートを走り回っている。

ひと言で形容すると、やっぱりきれいとしか言いようがない。

そして、ひとつのボールを追いながら、互いの名前を呼びあい、パスを繰り返す周と岬の息の合った様子を見ていたら、喫煙室《きつえんしつ》にいるふたりを見たときに感じた気持ちが蘇《よみがえ》ってきた。

離れていた時間が逆行し、五年前に戻っている。自分の知らない周と岬の……。

「円っっ」

隼人が円に気づき手を振っている。でも、すぐに前島が走ってきて隼人の頭を叩いた。と、岬がこちらを見た。一瞬目が合い、岬が微笑《ほほえ》むのと同時に、円は踵《きびす》を返して逃げ出していた。

校舎の窓から見上げた空はどんよりと薄暗く、今にも雨が降りそうだった。

でも、天気予報の青山《あおやま》さんは、東京で雨が降りだすのは明日の朝未明《みめい》からだと言っていた。そういえば、未明って何時のことなんだろう。昨日のうちに、すぐに辞書で調べとかなきゃいけなかったのに……。

頭の中でわざと関係ないことをつぶやいていると、急に喉《のど》がくしゃくしゃしてきて、円は小さく咳《せ》き込《こ》んだ。

文化部の活動場所は、美術室や音楽室、調理室などがある新館に集まっているので、放課後の旧校舎はしんと静まっている。

新旧の校舎を結ぶ渡り廊下から、ピアノと合唱部のパート練習の声が水のように流れ込んでくる。

円は水道の水をごくごくと飲み、誰もいない教室に入ると宿題のノートを広げた。

いつもは堀江が夕食の支度をしている台所のテーブルで、温かな音や匂いに包まれながらするのだが、咳《せき》が止まってからでないと帰れない。

淋《さび》しかったり悲しかったりすると、気持ちがそのまま身体の弱い部分に出てきてしまう。

子供っぽい自分が嫌でたまらないのに、隠していたこの病気のことを、夏休みに周に気づかれてしまった。

周はそれを『心の風邪《かぜ》ひき』だと言って、やさしく抱きしめてくれた。

だからよけいに、こんなふうになってしまう自分が嫌だった。

ほかの家族はこのことは知らないと思うが、気管支《きかんし》が弱い円が咳をしているとみんなして心配してくれるので、それがコンプレックスの一因になっている円には、ありがたくもあり、負担《ふたん》でもあった。


「周……?」

少し治まってきたので、家に帰ろうと駅まで来たが、拾得定期《しゅうとくていき》の掲示版に、何人かの名前と並んで夏目《なつめ》周様と書かれているのを見つけてしまった。

しょうがないやつ。絶対に落とさないとか言って、これで二度目じゃない。

掲示板に気づかないかもしれないので、代わりに受け取って学校に届けることにする。

夏目周の弟だという証明に生徒手帳を見せると、駅員は周の定期入れを円に渡してくれた。

中を見ると、以前に入っていたアオコひとりの写真が、しっかりカップルの写真に変わっている。念のために抜き取ってみると、下にはちゃんと、ピンクのエプロンをした円のスナップが入っていた。

知っていることなのに、なぜか胸がいっぱいになる。

こんなときだけは、本物の子供だったらよかったのにと思う。大声で泣きたいときに、場所を選ばず堂々と泣けるのは、小さな子供の特権だから……。

こんな気持ちを抱えたまま周に会うのは嫌だけれど、仕方がない。

定期を渡すために、円は部活が終わって帰っていく生徒の流れに逆らいながら学校へと戻っていった。

途中でバスケ部の二年生に会い、周に用があると言うと『まだ体育館にいた』と教えてくれた。おかげで、部室や職員室に行ってみる手間が省《はぶ》けて助かった。

体育館にはまだ明かりが点《つ》いていて、走り回る足音とボールをドリブルする音が響《ひび》いている。

「なにしてるんだろ……」

開け放たれた窓から中をのぞいて、円はどきっとして思わず身体を半分隠した。

周と岬が１on１をしている。

ふたりきりなのをいいことに、岬が周にキスでもするんじゃないかと思いながら見ていたが、すぐにそんな邪推《じゃすい》を抱いた自分が嫌になった。

ふたりにはそんな気配はなく、黙々《もくもく》とボールを奪いあっているだけだった。でも、それが逆に、言葉にできない特別な想いが交《か》わされているように見えて胸が苦しくなった。

やがてふたりは、どちらからともなくボールを追うのをやめ、周は息を弾《はず》ませている岬にタオルを投げた。

そして、口を開くなり言った。

「俺、エンちゃんのこと傷つけるわけにいかへんから……」

円は驚いて周を見た。そして、すぐに岬を見る。岬はなんと答えるのだろう。

「わかってる」

岬はタオルで首筋を拭《ぬぐ》いながら笑った。

周も、黙って岬を見つめながら微笑んでいる。

ほんの短い会話の、語られていない余白に隠された気持ちが、言葉とは関係なく伝わってきてしまう。まるで、自分の身体の一部が痛いみたいに……。

「マドカは命の恩人だしね……」

岬の言葉に、

「そうやな」

周は笑いながら肩をすくめ、それから、なにかを思い出したように微《かす》かに眉を寄せた。

「おまえ、ちゃんとメシ食うてんのか？」

「お昼は板さん弁当食べさせてもらえることになったし……夜はしっかり飲んでる」

「アホ……」

そう言って、周は岬の肩に額をのせた。

岬は周の頭をよしよしと撫でると、

「そんな顔するなら、晩ごはんおごって」

と言った。

周は顔を起こすと、苦笑いしながら岬の額を手のひらで叩いた。

「板前の晩メシ食わしたるから、家に寄っていき」

「Yes!《やったね!》」

いつものふたりに戻っていた。

大人ふたりで、たったあれだけの会話で、すべては解決されてしまったらしい。

ほんとはなにも終わってないくせに……。

気づかないふりをしてることを、お互いに知ってるくせに……。

悔《くや》し涙が、止める間もなく頰《ほお》をすべり落ち、円は正門に向かって駆け出した。

岬の馬鹿野郎っ。

ライバルに妨害《ぼうがい》されるならわかるけれど、こんなふうに、勝手に譲《ゆず》られてしまうのはいちばん嫌だ。なにもしないうちに、自分の知らないところで……。

周も、好きだからではなく、傷つけたくないからと言った。

僕が子供だから……。

「エンちゃん、ごめんな」

律に手を合わせられて、円は小さく首を横に振った。

「大丈夫。堀ちゃんが材料揃《そろ》えてくれてるから、やってみる」

笑顔で答えながら、円は内心どうしようと思っていた。頼まれた料理が難しいからではない。作ったことのないものでも、レシピと材料があれば大きく失敗することはないと思う。

そうではなく……。

もうすぐ、周が岬を連れてきてしまう。

こんな気持ちのまま顔を合わせるのは嫌だから、ふたりがいっしょに帰ってくる前に逃げ出そうと思っていた。でも、律の仕事が押してきて、堀江がアシスタントに入ることになってしまった。

円はにんじんを手に、壁の時計を見て大きなため息をついた。

「もうなんとも思ってへん証明に連れてきたんや」

岬を伴《ともな》って台所に入ってくると、周はいきなりそう言った。

「I'm hurt.《傷つくなぁ。》ゲスト紹介するのに、そういう言い方する？」

ふたりの会話に、円は思わず身体を硬《かた》くする。いや、身構えたというのが正解だ。

「君のお兄さん、ひどいこと言うと思わない？」

円が返事をできずにいると、周は円と岬の額を順番に叩いた。

「近づくな言うても、おたくら俺の知らんとこでごちゃごちゃやってるみたいやから、目の届くところでやってもらおう思たんやろ」

岬がしゃべったのかと思ったが、岬ファンのプチストーカーが周に逐一《ちくいち》報告していたらしい。

「女の子って、可愛《かわい》いけどこわいよねぇ」

「……」

人のこと言えないでしょ。あなたは……。

「練習見に来てくれてたね。やってみる気になった？」

ならないよ。円は黙って首を横に振った。

「あれ、堀は？」

円がエプロンをしているのに気づいて、周は台所を見回した。

「律さんのお仕事、修羅場《しゅらば》に入ったみたいなんだ」

「シュラバってなに？」

「漫画が締切り前でパニくってるこというねん」

周の言葉に、岬は感慨深そうにうなずいた。

「すごいよね。漫画家志望だったお兄さん、ほんとにプロになっちゃったんだもんね」

「そんだけ時間が経《た》ったいうことや」

周は重たいはずの言葉をさらりと口にし、岬は「そうだよねぇ」と笑った。

嘘つき。

円は黙って唇を噛《か》んだ。

時間なんて経ってないじゃない。周と岬先生の時間は、五年前で止まったままなんだから……。

「なに作ってんの？」

周にのぞき込まれ、

「まだ……なんにも……」

円は、エプロンの端《はし》をつかんでうつむいた。

一応野菜の皮を剝《む》き始めたが、途中で手が動かなくなってしまった。

料理なんてする気分じゃない。そう言いたかった。でも、周に子供っぽいわがままを言っているところを、岬に見られたくない。

「よし、久々に上寿司《じょうずし》とろ。律のおごりで」

周は円の背中をぽんぽんと叩いた。

「これって超ラッキー？」

無邪気に喜んで笑いかける岬に、円も笑顔を見せるしかない。

目の前にいる、嘘つきな大人を見習って……。


律たちが仕事部屋で食べると言いだしたので、岬と周と三人でテーブルを囲むことになったのだが……。

「あっ、なにすんねん」

岬は小肌《こはだ》の身を箸《はし》で寿司飯から剝《は》がし、向かいあった周の器に放り込んだ。

「メタリック系はだめなんだもん」

「なんやそれ」

「ボディがシルバーの魚のことじゃない。知らないの？」

「車とちゃうねんぞ」

「ぴかりものだっけ？　これもぴかってるからあげるー」

「こらっ」

隣で交わされている会話を聞いていると、節操《せっそう》のないラブラブカップルと相席《あいせき》にされた人のような気分になってくる。

「おまえは、ほんまに成長してへんな」

周が呆れたようにため息をついたのに、岬はなぜか嬉しそうな顔をした。

「身体はもう大人だよ。試してみる？」

円の指からぽろっと箸が落ちた。

「エンちゃん、こいつの言うこと本気で聞いたらあかんよ」

聞かないよ。嘘つきだもん、この人。

「クラス取ってんだから、それはあかんよねー」

円に笑いかけながら、今度は縞鯵《しまあじ》の身を周の器に移動させる。

「それ白身やろ。ちうか、なんでねた剝がすんや」

「スシって、ワサビ味のライスがおいしいんだよね」

岬は、幸せそうな顔でねたのない寿司を口に放り込んだ。

「誰のためにわざわざ寿司とった思ってんねん。なぁ？」

円にぼやいてみせながら、周は岬の放り込んだ縞鯵の身をつまんで口に入れた。

体育館での会話を聞かれたことを知らずに、岬が面白がって挑発しているのはわかっているのに……。

何年もこうして過ごしてきたかのような自然なやりとりに、喫煙室のときと同じ、子供っぽい嫉妬心《しっとしん》が湧《わ》いてきてしまう。

勝ったのは自分のはずなのに……。

ちっとも嬉しくない。こんなの……負けるよりも悔しい。

「どうしたん？　エンちゃんもしっかり食べなあかんよ。寿司好きやろ？」

「……」

悔しいなら、笑顔のひとつもつくってみせればいいのに、身体は心に忠実だ。

円は止まっていた箸をそっと下ろすと、逃げるように台所を飛び出していった。


「エンちゃん、どうしたん？」

すぐに周が部屋にやってきた。

「学園祭の発表の打ち合わせ、隼人んちで集まってやることになってたの忘れてたんだ。急いで行かなきゃ」

円は周に背中を向けたまま、着替えと明日の授業の教科書をリュックに詰め込んでいる。

「そんなんやったら車で送るし、ちゃんと寿司食べてから行き」

「お腹いっぱいになったから、周にあげる」

「ほとんど食べてへんやんか」

「うるさいなぁ……周いつからお母さんにな…っ…」

言いかけて円は小さく咳き込んだ。

「風邪ひいたんか？」

「ひいてないよ。しつこ…っ…」

コンコンと咳をする円に、周はそばに来てあわてて額に手を当てた。

「熱なんてないってばっ」

円は周の手を払いのけると、上着とリュックをつかんで廊下に出た。

早足で律の仕事部屋に行き、学園祭の打ち合わせで隼人のうちに泊まってくると報告し、夏目組の面々に「行ってきます」と挨拶《あいさつ》をした。そして、そのまま玄関に直行する。

「車出すから、待ち」

靴を履《は》いている円の背中で周が言った。

「お客さまほっといちゃだめじゃない。早く戻りなよ…あっ」

強く手首をつかまれ、円は周の顔を見た。

「俺には行ってきます言うてくれへんの？」

「……」

たった六文字の簡単な言葉。それがどうしても出てこない。周と自分にとって特別な意味のある言葉だから、よけいに……。

「手……痛い」

円が眉を寄せると、周は手首をつかんでいる手を放した。円は踵を返し、無言で玄関から飛び出していった。

今日は絶対に言わない。言えない。

家出するのに、「行ってきます」なんて言う必要はない。


「藤沢《ふじさわ》のことで、コーチとケンカしたんだろ」

いきなり泊めてほしいとやってきた円に、隼人はそう言って笑った。

自分のひとり相撲で正確にはケンカではなかったが、気分的にはそうなので、円はこくんとうなずいた。

隼人の家は、店舗《てんぽ》の隣が住居になっている。商店街に面しているので庭はないが、玄関先に水を張った大きな瓶《かめ》が置かれていて、薄紅色《うすべにいろ》の睡蓮《すいれん》が浮かんでいる。が、睡蓮はすでに花びらを閉じ、常夜灯《じょうやとう》の仄《ほの》かな光の下で静かに眠りについていた。

「迷惑……だよね」

円は唇を噛んでうつむいた。

「これって、コーチがよく言ってる『逃《のが》したらあかんチャンス』ってやつじゃん？」

あくまでも明るい隼人の対応に、抱えていた深刻《しんこく》な気分がふっと和《やわ》らぐ。

「応援してくれてたんじゃないの？」

円は、笑いながら隼人をにらんだ。

「藤沢と円のバトルと、俺とコーチのことはぜんぜんべつの話だろ。チャンスを逃すなって教えたのはコーチだし？」

隼人のポジティブさにはいつも救われる。こんな理由で訪ねてくるなんて、それこそ甘えすぎだと自分でも思う。

でも……。

隼人は同級生だから……いいよね？


「お、隼人の友達か？　いらっしゃい」

台所の横の廊下を通ると、テレビを見ていた男性が愛想よく円に声をかけた。

二十代後半くらいだろうか、さっぱりと短くカットした髪が、少し上がり気味の切れ長の目によく似合っている。が、隼人には似ていない。

「姉貴のダンナの良平《りょうへい》さん。こないだの菓子作ったの、兄貴なんだ」

「えっ……」

円は目を丸くし、隼人と良平を交互に見た。

隼人の姉は結婚しているらしい。隼人が口にする姉貴という響きから、勝手に高校生か大学生くらいだと思っていたので驚いた。隼人はしっかりしているので、年の離れた兄弟のいるイメージがなかったせいかもしれない。

「こんばんは。僕、同じクラスの夏目…」

「エンちゃんでーす」

いきなり遮《さえぎ》るように隼人が言ったので、円はきょとんと顔を見た。

どうしたんだよ？　エンちゃんなんて呼んだことないくせに……。

「エン？　珍しい名前だね」

「はい。十円の円って書いて…」

「エンって読むんだ。じゃあね」

隼人は円の腕をぐいと引っぱると、引きずるようにどんどん階段を上がっていった。

「なにすんだよっ」

隼人の部屋に通されると、円はつかまれていた腕を振りほどいた。

「僕、エンって名前じゃないよ。ていうか、お義兄《にい》さんに、こないだの和菓子のお礼言いたかったのに…」

隼人は両肩を押し、円をベッドに坐《すわ》らせた。

「おまえさぁ、自分のこと安く言いすぎなんだよ。せめて千円にしろよ」

円は口を半分開けて隼人の顔を見上げた。

「隼人……なんかヘンだよ」

「ヘンにもなるだろ。好きなやつが泊めてくれなんて、アポなしで訪ねてきたら」

「ご、ごめん……もっかい、電話してから出直してくる」

あわてて荷物を持って立ち上がる円に、隼人は苦笑いしながら手首をつかんだ。

「馬鹿……嬉しくてヘンになってんだから、いいんだよ」


良平がテレビを見ながらひとりで夕食を食べていたのを不思議に思っていたが、隼人の話によると、両親は商店会の慰安《いあん》旅行で箱根《はこね》の温泉に行っていて、姉はまだ仕事から戻っていないのだという。

「お姉さんって、キャリアウーマン？」

隼人は、あははと笑って、義兄の良平が家にいる理由を話してくれた。

商店街の幼なじみのふたりは、子供の頃は犬猿《けんえん》の仲で有名で、和菓子屋と洋菓子屋ということで、お互いの家業の悪口を言いあってケンカばかりしていたらしい。

ところが、いつの間にそうなったのか、大人になったふたりは結婚し、お互い相手の家の三代目に納まってしまった。だから、ふたりの部屋は両家にあり、その日の仕事の都合でどちらの家にでも泊まられるのだそうだ。

「姉貴はケーキ、兄貴は和菓子が大好きで、お互いの家の仕事がうらやましくて、悔しくてケンカばっかしてたってのが、笑っちゃうだろ」

ちっとも可笑《おか》しくないよ。円は首を横に振った。

「そんなふうに意地張りあってケンカばっかりしてたのに、どうやって正直な気持ち話せるようになったのかな」

良平が作った黄色い菊《きく》を模《かたど》った和菓子を食べながら、円は真剣な顔で訊《き》いた。

「そりゃ、恋の力ってやつだろ」

隼人はさらりと答えたが、円の心にその言葉は特別な感情を伴って響いていた。

恋の力……。今の自分はそれが弱っている。というより、欠乏《けつぼう》している。

「だから俺、長男だけどどんな仕事に就こうと、誰と結婚しようと自由なんだよな」

「よかったね」

円は、心ここにあらずという顔で言った。

「じゃなくてさぁ……その気になったらいつでも、井上《いのうえ》円に戻れるって言って……」

「入るわよっ」

声と同時にドアを開けて女性が入ってきたので、円は驚いて我に返った。

ひと目で姉弟《きょうだい》だとわかる、隼人を丸くして女性にしたような大型美人だ。

「姉貴のつぐみ。名前に似合わず声も身体もデカい女だけど、パティシエとしての腕は…てっ」

隼人の頭を平手ではたくと、つぐみは円の目の前に坐ってまじまじと顔を見た。

「良平の言うとおり……ほんと可愛い男の子ねぇ」

「お、おじゃましてます。夏目ま…」

「姉貴っ、今日ケーキ持って帰ってる⁉」

隼人はいきなりベッドから立ち上がった。

「友達が挨拶してるのに、なにガキみたいなこと言ってんのよ。恥ずかしい。あるわよ。あんたに言われなくても持ってくるわよっ」

いつも円に言いたい放題の隼人が、つぐみにぽんぽんと言い返されているのを見て、円は笑いを堪《こら》えながら言った。

「その節は、子猫たちをありがとうございました」

丁寧《ていねい》に頭を下げる円に、つぐみは溶《と》けそうな笑顔になった。

「ほんとにお行儀《ぎょうぎ》がいいわねぇ…え？　ええっ⁉」

つぐみが急に声のボリュームを上げたので、円は思わず身体を退《ひ》いた。

「もしかしてシラタマたちもらってくれた、バスケ部のコーチさんちのまどかちゃん⁉」

円がこくんとうなずくのを見て、隼人は目を押さえてしゃがみ込んだ。

「あなただったのぉ。どんな子か会ってみたかったんだけど、美少年かと思っちゃって……間違ってごめんねぇ」

「……？」

僕は美少年じゃないけど……。なんか間違ったっけ？

不思議そうな顔をしながら、円は「ひと晩お世話になります」と言った。

と、つぐみは突然顔色を変えて、隼人の腕をつかんで廊下に引きずり出してしまった。

「連れ込むあんたもあんただけど……なんなのよ、家族がいる家に堂々とっ」

抑《おさ》えているつもりらしいが、地声が大きいのでドア越しにすべて聞こえてきてしまう。

「あんな、なんにも知らないような可愛い顔して……今どきの子って、信じられないっ」

つぐみの言葉を聞いて、円はぎょっと目を見開いた。

今の話から判断するに、もしかして……。

女の子だって思われてる？

「ほんとにごめんっ」

最寄《もより》の駅まで送ってくれると、隼人は両手を合わせて円を拝《おが》んだ。

「いいよ。そんな何回も謝ってくれなくても」

なんと、隼人は家族に円のことを女の子だと言っていたのだ。

理由は単純なことだった。寝言で円の名前を呼んでいるのを姉夫婦に聞かれ、ふたりに問い詰められて、〝まどか〟が一般には女性名なのをいいことに、好きな女の子のことだと言ってしまったのだ。

自分も周との関係をほかの家族に隠しているし、隼人の気持ちはよくわかる。

悪いのは、隼人が必死にごまかそうとしてくれていたのに気づかず、思いっきり自己紹介をしてしまった自分だ。

結局、つぐみに『もっと自分を大事にしなさい』と叱《しか》られ、土産のケーキといっしょに追い返されてしまった。


隼人には、まっすぐ家に帰ると言って別れたけれど……。

その日のうちに帰るというのは、子供っぽさの上塗《うわぬ》りみたいでカッコ悪すぎる。

せめて十二時過ぎて日付が変わってから……って、そういう問題じゃないよね。

自宅の最寄駅に着くと、円はロータリーの噴水《ふんすい》の縁に腰を下ろし、リュックを抱えてため息をついた。

噴水の水を含んだ湿《しめ》った夜風が、さらさらと髪や服に降りかかって少し寒い。

家に帰りたい。でも、帰れない。

飛び出すのは簡単だけど、家出は帰るタイミングが難しい。

シラタマたちにエサをやるのを忘れてたから……なんていうのはどうだろう。

「猫ダシにしちゃまずいよね……」

「GOSH!《げげっ!》 そりゃ、まずいよ。日本人なら、ダシはやっぱコンブかカツオ節《ぶし》でしょ」

「あ……」

岬だと気づいて、円はふいと横を向く。

夏目家からの帰り道らしい。

「なになに？　プチ家出ってやつ？」

取り巻きの女子たちは、岬にろくな言葉を教えていないようだ。

「行き先決まってないなら、うちに来れば？」

「なんで先生のところに行かなきゃいけないんですか」

「Why not?《いいじゃない。》 たまには過保護のお兄ちゃん、いや、彼氏を心配させてやんなよ」

「もう心配させてると思う」

円は、リュックをぎゅっと抱きしめた。

「あらら、ノロケられちゃった」

「違うよ。周なんか…」

「じゃ、行こう。悪い子になるなら中途半端《ちゅうとはんぱ》はよくない」

岬が円の手首をつかんだ。

「や…っ…」

怯《おび》えたように身体を退く円に、岬はふっと目を細めた。

「I won't bite you」

噛みついたりしないから。

「こわいんじゃないよっ」

「じゃあ、ぐずぐず言わないでついてきなっ」

「……」

叱りつけるように言われ、円は目を瞬《またた》かせて岬の顔を見た。


「ほとんど食べてなかったから、お腹空《す》いてるんじゃない？　なにか食べる？」

もう一度、この部屋に来るとは思ってもいなかった。

「アイスクリームなら遠慮します」

座布団の上で膝を抱え、円はふいと横を向いた。

「マドカ、僕のことよくわかってるねぇ」

「よかったらどうぞ」

円は岬に、もらってきたケーキの箱を差し出した。

岬は「Lucky! Happy!」と叫ぶと、リカーショップの袋からワインを出してきて、ちゃぶ台の前に陣取《じんど》ってケーキを肴《さかな》に飲み始めてしまった。

隼人の姉の作ったケーキなら食べてみたいと思ったが、岬と差し向かいでは食欲が湧かない。岬がうまそうにワインでケーキを食べるのを、半分呆れながら眺《なが》めていたが、突然、部屋の異変に気づいて目を瞠《みは》った。

マリアに殺されるんじゃないの……。

壁のポスターすべての女形《おやま》の目に、黒いテープが貼られている。視線が気になって眠れないと言っていたから、遮《さえぎ》るために貼りつけたのだろう。気持はわかるが、これではよけいに落ち着かない気がする。

どうでもいいけど……。

円は膝の上で頭を抱え、ため息をついた。

岬の挑発に乗ったせいで身も心も消耗しきっているのに、その張本人の部屋に上がり込み、しかもここしか行き場がないなんて……。しょうがないのは自分のほうだ。

「マドカ……もしかして、僕に怒ってる？」

黙りこくっている円に、岬がやっと気づいたらしい。

「嫌いな人の部屋に無理やり連れてこられたら、誰でも不機嫌になるでしょ」

「えっ、マドカ僕のこと嫌いだったの？」

岬は驚いた顔をした。

「そうだよ。周はもっと嫌いだけど」

とっさに口から出てきた自分の言葉に、気持ちが傷ついて泣きたくなる。

「じゃあ、この勝負は僕の不戦勝？」

「……」

膝を抱えたまま、円はじっと畳《たたみ》の目をにらみつけた。

試合放棄《ほうき》したの、先生のほうじゃない。

それきり、円はなにを話しかけられても口を開かず、岬もあきらめたのか、黙ってまたワインを飲みだした。

けれど、円が咳をしていると、岬は台所に立っていき、ホットオレンジジュースを持ってきてくれた。

「It works《効くよ。》」

岬の笑顔に、円は素直に「ありがとう」と言い、甘酸《あまず》っぱい香りの湯気《ゆげ》の立つ湯呑《ゆのみ》を受け取った。

湯呑にオレンジジュース……。怒っているはずなのに、ちょっと笑いそうになる。岬も、ふわっと嬉しそうに笑う。

「アメリカ人はこれが定番なんだけど、フランス人は風邪《かぜ》ひくと熱い赤ワインにはちみつ入れて飲むんだって。そっちも試《ため》してみる？」

「お酒、家族に禁止されてるから」

「法律じゃなくて、家族なんだ。可愛いー」

頭を撫でられ、円は岬の手を払った。

「僕のことはほっといてくださいっ」

「そのほうがいい？」

円が無視という形の返事をすると、

「じゃ、そうするね」

岬はあっさり言って、またひとりでワインを飲みだした。ボトルはいつの間にか二本目になっている。

明日も授業あるのに、また電車の中で気持ち悪くなっても知らないから……。

そう思いかけて、円は首を横に振った。

どうして、こんなやつの心配してるんだろう。

ていうか、なんでこんなところにいるんだよ……。

だんだん虚《むな》しくなってきて、円はこの場から逃げ出したくなった。でも、家に帰ることができないのなら、意識不明になる以外にこの状況から逃げ出すすべはない。方法は簡単だ。

円は熱いオレンジジュースをふうふうと冷ましながら飲み干すと、岬の飲んでいる赤ワインのボトルを奪《うば》い取《と》り、空《から》になった湯呑に注《つ》ぎだした。

「マドカ……?」

岬が止める間もなく、円はごくごくと一気に飲み干してしまった。

岬は呆気にとられて見つめていたが、

「Super!《おみごと!》 やっとやる気になっ……わ、マドカ!?」

円は手から湯呑を落とすと、ふわりと後ろにひっくり返りそうになった。

岬はあわてて円を支え、

「Are you OK?《だいじょうぶ?》」

耳元で声をかける。

「……?」

円はすぐに目を開けたが、ぼうっとした顔で岬を見た。

「Hello?《もしもし?》」

「……」

「Are you there?《もしもーし?》」

「聞いてるよっ。うるさいなっ。人のこと無視してたくせにっ」

いきなり怒った口調になる円に、岬は眉をひそめて言った。

「マドカがほっといてほしいって言うから、ほっといてあげたんだよ。遊んでほしいなら、ヤケ酒なんか飲まないで、ちゃんとそう言わなきゃだめだよ」

「うるさいっ。今言ってるじゃんっ」

「だ、大丈夫？　マドカ、なんか人格変わっちゃってない？」

速攻《そっこう》で酔ってしまったらしい円に、岬は心配そうに顔をのぞき込んだ。

「さわんないでっ。道訊かれたことないなんて、そんなくだんないコンプレックスしかない先生には、僕の気持ちなんかわかんないんだからっ」

「人の悩み、くだらないとか言わないでくれる？　そういうマドカのコンプレックスってなんなのさ」

逆ギレする岬に、円はむっと眉を寄せる。

「先生も周も、僕のこと子供だと思って馬鹿にしてるよねっ。そういうことっ」

「なにそれ、つまんない。僕の悩みのほうが面白《おもしろ》い」

「……」

面白い悩みなんて、悩みって言わないんだよ。円はじろりと岬をにらんだ。が、すぐに目の焦点がとろんと合わなくなり、ぱたりとちゃぶ台に突《つ》っ伏《ぷ》してしまった。

「エンちゃん……？」

誰かの呼ぶ声に顔を起こすと、肩からぱさりと毛布が落ちた。

「エンちゃん、行ってきます言わんと出かけたらあかんよ」

目の前に周がいて、大好きな声でやんわりと叱ってくれる。

円はこくんとうなずくと、素直に「行ってきます」と言った。

「なにそれ」

岬は、あははと声をあげて笑った。

「うちの家族の愛情表現や」

「素敵だね。でも、マドカ、自分が子供扱いされてるのすごく気にしてるみたいだよ」

「エンちゃんは、自分の長所を短所と勘違いしてんねん」

「チョウチョとタン塩？」

不思議そうに訊き返す円に、岬は笑いながら周の前髪を引っぱった。

「意地悪だな。酔ってないときにそう言ってあげればいいのに」

「アホやな。トカゲでも人間の子供でも、自然に育っていくんを見守るっちゅうのが醍醐味《だいごみ》やんか」

「見守るじゃなくて、面白がるじゃないの？」

「そうとも言うけどな」

周が笑いかけると、円は大きくうなずいた。

「いいなぁ……これ。なんか、恋人より弟が欲しくなっちゃった。アメリカに持って帰っていい？」

「あかんっ」

円がいきなり言ったので、周と岬は驚いた顔で円を見た。

「周は、先生にはあげない」

円は岬をにらみつけ、きっぱりと言った。

「岬先生がきれいで大人で、周の正義の味方でも……絶対にあげない」

「どうして？」

岬は面白そうに円の顔をのぞき込んだ。

「僕が、世界でいちばん周のこと好きだからっ」

「……」

周は赤くなり、岬は額を押さえて笑った。

「パーフェクトな答えだね」

岬の言葉に、円は大きくうなずいた。

「でもね……このこと、周と岬先生には絶対に内緒《ないしょ》だからね」

「What?」

「だってね……あのふたり、すっごく悪いんだよ。僕のこと子供だからって、仲間はずれにして、子供割引きにしたんだよっ」

一気に気持ちをぶちまけると、円は大きな目に涙を浮かべ、周にしがみついた。

岬はぽかんとしていたが、急に吹き出し、そのまま床に転がって笑いだした。

「エンちゃん、エンちゃん？」

周が不安そうに円の顔をのぞき込む。

「前に酔っ払ったとき、律たちになんか秘密の話せえへんかった？」

円はぐすんと鼻を鳴らすと、大きく首を横に振った。

「らって、お酒飲んじゃいけないって言われてるから、飲んだことないもん」

円はにこっと笑うと、周の胸にことんと倒れ込み、安心したように眠ってしまった。


「周……？」

雨音に目を覚ました円は、自分が周の腕の中にいることに気づいた。

周のシャツの淡いブルーに、ふいに昨夜《ゆうべ》の出来事が蘇《よみがえ》ってくる。

岬と周の気の合った様子を見て、ふくれて家出もどきなことをして、岬のワインを湯呑に注いで飲んだところで記憶が消えている。

てことは、周が連れて帰ってくれたということで……。

家出なんかして、酒を飲んだりして、きっと叱られる。円は周の腕をほどいて、そっとベッドを抜け出そうとした。

「あ……」

眠っていると思った周の手が、円の腕を引いてベッドに戻した。

どきっとしたのを顔には出さずに、

「なんで人のベッドで寝てんの」

円は周をにらみつけた。

「様子見ながら起きとったけど、あんまり気持ちよさそうな寝顔やったから……」

「眠くなっただけでしょ」

「はい」

嬉しそうにうなずく周に、円は少し首を傾ける。

「……怒ってないの？」

「なんで？」

「なんでって、なんで怒んないの？　僕、家出したんだよ」

「ええっ、知らんかった。東京では、行ってきます言うて家出するん？」

「周には言ってないもんっ」

言い返すと、周はなぜかウケて大笑いした。

「子供だからって甘やかさないでよっ」

「なんや、怒ってほしいん？」

周は、嬉しそうに円をベッドにうつぶせに押さえつける。

「よしよし、お兄ちゃんがお仕置きしたろ」

どうして『お兄ちゃん』なんて言うの？　こんな気持ちのときに、わざわざ……。

子供割引きされて、岬に周を譲られたことがにわかに頭にのぼってきて、悔しさや怒りがぶり返してきた。

「周も岬先生も、僕の気持ちなんかぜんぜんわかってないくせにっ」

足をばたばたさせて訴《うった》えるが、周はまたもウケまくって笑いだす。

なにがそんなに可笑しいわけ？　怒りを通り越して情けなくなってくる。

「大嫌いっ」

円は周に枕を投げつけ、パジャマのまま部屋から飛び出していった。

子供扱いされるのが悔しいくせに、子供っぽい態度が止められない。

大人になりたい。なのに、どうしてぜんぶ逆になっちゃうんだろう。

授業をサボるなんて初めてだった。

英語の授業を欠席するのは嫌だったけれど、今日はどうしても岬の顔を見たくなかった。

雨は好きじゃないし、ここは少し肌寒い。でも、保健室に行くと、木津《きづ》から周に休みに来たことが伝わってしまうかもしれない。

ほかに行く場所もなく、円は屋上の扉のステップに腰を下ろして雨を眺めている。

地面に降る雨と屋上に降る雨は、音も匂いも違う。コンクリートの表面が小さな波紋《はもん》を無数に生み出しながら、サイダーみたいに雨粒を弾《はじ》いている。

円は、口を押さえてコンコンと咳をした。

「こんなとこにいたら、風邪治んないよ」

一瞬びくりとしたが、すぐに誰の声なのかに気づいて背中を固くした。

風邪じゃないからいいんだよ。それよりそばに来ないでほしい。

「僕の授業より、雨見てるほうが面白い？」

笑いながら、岬は円の隣に腰を下ろした。

「暗いし濡れるし、雨なんか大嫌い」

「雨が降るのは自然なことだよ」

そんなことわかってるよ。円は、雨をにらんだまま眉を寄せた。

「こないだ濡れるのやだって、人の傘に入ってきたくせに」

「そうだよ。雨に濡れたくなかったら傘を差せばいいし、自分の傘がなかったら誰かの傘に入れてもらえばいい」

「……」

円は、なにを言ってるんだろうと岬を見た。

「嵐になったり、洪水《こうずい》になったり……傘なんてぜんぜん役に立たないこともあるけど……。そのときは、あきらめてびしょ濡れになるしかないよね」

「先生、なにしに…」

「人を好きになるのと似てない？」

胸の奥で、ことんとなにかが動く音がした。

岬は、雨の話をしていたのではなかったらしい。

わかりすぎるほどわかるけど、わかりたくなくて胸がくしゃくしゃする。

「先生が生徒といっしょになって、こんなとこでサボってていいの？」

円は岬の言葉を無視して、ぼそっと言った。

「あと一週間だから、この期《ご》に及んでクビとか言わないでしょ？」

あと一週間。いつの間に……。円は顔を上げ、岬の目を見た。

「だったら……」

子供扱いしないで対等に闘《たたか》って。

そう言いそうになったが、ふいに自信がなくなり、円は言葉を呑み込んだ。

「だったらなに？」

「……」

円がうつむいて黙り込んでいると、

「評価Eだな」

「え…？」

「英語はAあげるけど、周の恋人としては失格だね」

「なんで先生に点数つけられなきゃ…」

「僕は恋のつづきをやるためにここに来たんじゃない。周が幸せかどうか確かめに来たんだ」

「……」

円は瞬きをしながら岬を見つめた。

「僕のこと救ってくれた周のこと、僕も救いたいって思ってたのに……果たせないまま、ひとりで帰しちゃったから……」

岬は微かに目を伏せ、淋しそうな笑みを浮かべた。

「でも……マドカといる周の目を見て、もう大丈夫だって思った。僕といた頃の周は、笑ってても傷ついた目をしてたから……マドカが周を変えてくれたんだって、すぐにわかった」

「僕はなにも……」

思わず足元に視線を落とす。

「そうだよね。そんなふうにしか周を想ってないなら、ぜんぜんだめだね」

「そんなふうにしかってなんだよっ」

円はキッと岬を見た。

「日本人はよく言うじゃない。つまらないものですがお納めくださいって。僕、あれ大嫌いなんだ」

アパートで粗茶《そちゃ》の話をしたときに、岬が嫌な顔をしていたのを思い出す。

「すごくいいものだからぜひどうぞって、仕事でも恋でも、僕はそう言って自分をプレゼンテーションする。マドカは言える？」

「……」

返す言葉が見つからない。岬の言葉はまさに今の自分の迷いを衝《つ》いていた。

「周に言えなくてもいい。でも、僕に証明してみせてよ。でなきゃ、僕も先に進めない。周から離れられない」

「証明……って」

「僕がここにいられる最後の日、学園祭の後夜祭までに、マドカが周の正義の味方だってこと、言葉じゃなく行動で見せてよ」

瞳に戸惑いの色を浮かべる円に、岬はさらに、もしできなかったらアメリカで手に入れた仕事を蹴《け》って日本に残ると言った。

　そこまで言われたら、やるしかないだろう。それに……今度はほんとに、岬は自分と同じ土《ど》俵《ひょう》に立ってくれたということで……。

「わかったよっ」

　岬はふわりと微笑み、円の肩をぽんぽんと叩いた。

「Take it easy《気楽にね。》」

「I will!《そうするよっ。》」

　円はやけくそみたいに言った。

　岬はあははと笑って立ち上がると、ひらっと手を振って階段を下りていってしまった。

　なんだよ、大人ぶっちゃって……。

　僕は子供だけど、自信ないけど、自分のこと〝つまらないもの〟なんて思ってないんだからねっ。

　円は、岬の降りていった階段をにらみつけた。

6

「正義の味方になる方法……？」

円《まどか》の質問に、律《りつ》は一瞬驚いた顔をしたが、

「そんなん簡単やんか」

手にしていたペンを放り出し、原稿を描いていた机からすくっと立ち上がった。

大人になる方法はだめだったけれど、正義の味方になる方法なら、少年漫画を描いている人たちに訊《き》くのがいちばんいいと思って仕事部屋を訪ねたのだが……。

今度は正解だったみたい。円は期待のこもった目で律を見つめた。

「へ～ん、し～んっ」

「は…？」

いきなり戦隊もののヒーローの変身ポーズをやってみせる律に、円は口を「は」の形にしたまま停止した。

「とりあえず、今のがネオレンジャー・ゴールドの変身やねんけど、どうやった？」

「あ……えと……」

どうって……？　ていうかネオレンジャーって誰？　円が答えに困って目を泳がせていると、

「見ただけではわからへんよな。エンちゃんもやってみ」

律は円の両手をとって、ネオレンジャー・ゴールドの変身の仕方を丁寧《ていねい》に教えてくれる。

「先生、エンちゃんやったら、レッドのほうが似合いませんか？」

堀江《ほりえ》がまじめな顔で忠告すると、律は「それもそうやな」と真剣な目でうなずき、ネオレンジャー・レッドの変身を円の身体を使って再現してくれた。

「律さん、僕…」

そういうことが知りたいわけじゃないと説明しようとしたが、

「先生、それアースマンのポーズと混ざってますっ。ここんとこが、こうっ」

いつも穏《おだ》やかな棚橋《たなはし》が怒ったような声を出し、ペンを持った右手で鋭《するど》く空《くう》を切る動作をした。

「ちゃうちゃう。それはレインボーライダーやんかっ」

添田《そえだ》も、大きな雲形《くもがた》定規《じょうぎ》を振り回しながら叱《しか》りつけるように言った。

「ちょっと待ってください。レインボーはそうちゃいますよ。こうでこうでこうっ」

夏目組《なつめぐみ》ではいちばん年下の堀江も、先輩に食ってかかるような勢《いきお》いだ。

もちろん、ケンカをしているわけではない。

ああでもないこうでもないと、みんなしてネオレンジャー・レッドの正しい変身の仕方を円に教えてくれようと必死になっているのだ。

平均年齢二十二歳のお兄さんたちのありがたくも熱すぎる講義に、円はされるがままになっていたが、正義の味方にどうやってなるかという話はどこかへ消え失せ、誰の説が正しいのかという議論に発展し、ついには変身カルトクイズ大会になってしまっていた。

「律さん、みんな、どうもありがとう。もうすっごくよくわかったんで、そろそろお仕事始めて…」

「ええっ、もうええの⁉　学校の宿題なんやろ？」

律さん、それってどんな学校？　円は笑いながら肩をすくめた。

「変身ポーズしたら、簡単に正義の味方や大人になれたらいいのにね……」

思わず洩《も》らした本音に、

「オト…ナ？」

律は腕組みをして首をかしげている。

「あ、それは僕の場合だけ…」

「それやっっ。変身ポーズしたら、色っぽい大人の女になる女の子やんかっ」

律がガッツポーズをして叫ぶと、

「あ、それ、めっちゃ俺のツボですわ」

「イケますよ。それでいきましょっ」

棚橋と添田が興奮気味に賛成しまくる。

なにがそれで、なにがイケるんだろう。

円がぽかんとしていると、堀江が説明してくれた。

律は、『H・H・H』の中で大人気を博《はく》している〝怪獣《かいじゅう》少女まどかちゃん〟のライバルキャラを作るように編集長に言われていたが、対抗できる個性的で魅力的なキャラクターを考えつくことができず、ここ数日悩んでいたのだという。

「ほんま、エンちゃんはネタの宝庫やなぁ」

律に感謝され、夏目組の面々にやんやと拍手をされて、円は赤くなって「どういたしまして」と頭を下げた。

欲しかった答えは得られなかったけれど、律の役に立てたみたいでよかった。

そして、律が早くも新しいキャラクターの変身ポーズを真剣な顔で考え始めたので、モデルにされないうちに……いや、仕事の邪魔をしないようにと部屋を抜け出す。そして、後ろ手に戸を閉め、小さくため息をついた。

なにをしてほしいか、なにが必要か……。

本当は律よりも、周《しゅう》本人に訊けば簡単にわかるのだけれど、それはテスト問題を先生に見せてもらうようなものだからできない。

ほんとに、変身ポーズで正義の味方になれたらいいのに……。

「へんっ、しーんっ」

円は、律たちが教えてくれたネオレンジャー・レッドのポーズをやってみた。

「なにしてんの？」

「あ……」

通りかかった周に目撃され、円は真っ赤になって、悪いことでもしたように両手を後ろに隠した。

「実写《じっしゃ》のまどかちゃんは、怒って怪獣になる以外にもなんかに変身できるん？」

「ち…ちが…」

「もったいぶらんと見せてよ」

周がにやにやしながら、顔を近づけてくる。

「うるさいっ」

奇行《きこう》を目撃された恥ずかしさと、人の気持ちも知らずに能天気《のうてんき》な周に腹が立つ。

円は周を押しのけ、自分の部屋へ走っていった。

なんであんなやつのために、こんなに悩まなきゃいけないんだよ。

やわらかな子猫を抱いて和《なご》もうとしたが、誰の姿も見えない。

円は小さくため息をつき、ぱたりとベッドに倒れ込んだ。

大人になれない自分が歯がゆくて、周にちっともやさしくできない。

そのくせ、頭の中では周の正義の味方になる方法をぐるぐる考えている。

まるで、自分で散らかしたおもちゃを片づけられない子供のように……。

「うー……」

ベッドにうつぶせて足をばたばたさせていたが、ふとなにかに気づいて、怪獣のぬいぐるみを一匹引き寄せる。

「がんばれ、まどか」

怪獣の目を見て、円は言った。

あんなやつ、こんなに大好きになった自分が悪いんだから。

自分に言い聞かせ、円は怪獣をぎゅっと抱きしめた。

がんばれ。


がんばるという言葉は、響きはすごくいいけれど、方法がわからないとちっとも実用的じゃない。

それに、あんまり使いすぎると身体に悪い気がする。

その証拠に、周の家庭教師の最中に、ちょっと咳《せ》き込《こ》んだらそのまま咳《せき》が止まらなくなってしまった。

「大丈夫……すぐ治…っ…」

止めようとするとよけいに出てきてしまう。

周は心配そうな顔で円の背中をさすっていたが、

「エンちゃん……」

なぜか、急に抱きしめてきた。

どうしてだとか、どうしようとか、考えるよりも先に周の体温に安心してしまう。

身体が温まったせいか、ふっと喉《のど》がラクになった気がして、咳が少しずつ治まってくる。

でも……。

背中を撫《な》でてくれるやさしい手の感触に、円は突然気づいてしまった。

「だからなの……？」

「え…？」

「だから言えなかったんだ。隠そうとしたんだ。岬《みさき》先生とのこと」

「……」

周の一瞬の躊躇《ちゅうちょ》に、円の瞳に落胆《らくたん》の色が浮かぶ。

傷つけられないって言ってたのも、岬先生の『わかってるよ』も、このことだったんだ……。

「俺と岬の問題やから、エンちゃんによけいな心配かけたなかったんや」

円の目にうっすらと涙が浮かぶ。

「僕がこんな……子供っぽい病気持ってるからだよね」

「なんでそんなこと言うん？　心が風邪《かぜ》ひいたら、誰でも元気なくなるの当たり前やろ？」

周は円の頬《ほお》に手のひらを当てて、淋《さび》しそうな目をした。

「だったら……どうして、先生のことバスケ部に誘ったりしたの？」

「前に岬が来たときに説明したやんか。あいつ野放《のばな》しにしとったら、エンちゃんのことアパートに連れ込んだり、俺の目の届かへんとこで悪さするから見張るためやって」

あのときは、夕食に誘ったことを言っているのかと思っていた。気にかかっていたことに納得がいき、円は少しほっとする。

「わかってくれた？」

「ぜんぜんわかんない」

わかったけど、わかりたくない。円は、抱きしめてくる腕を振りほどこうとした。が、周はさらに強く抱きしめてくる。

「いや……こんな気持ちで……やだ」

「今のエンちゃんには、こうするんがいちばんええと思うけどな」

周は円の手首をつかんで、ベッドに押し倒した。

「いやっ。周、やめて…っ…」

大きな身体に組み敷かれ、円は足をばたばたさせた。

周はわかってない。子供だから守ってやりたいとか、病気だから心配してくれるとか……そんなのちっとも嬉《うれ》しくない。

愛情の一種だけど、恋じゃない。

「僕、周や岬先生みたいに大人じゃないから、気持ちが離れてるのにこんなことできないっ」

「離れてるんちゃうやろ？　エンちゃんは自分の中で迷ってるだけで、どこにも行ってへん。ここにちゃんとおるやんか」

つかまれた手首が痛い。こんなふうに強引な周は初めてでこわい。

「やだ……放して……っ……」

「放したら、迷子になってしまうよ」

人のことを押さえつけながら、周の声は痛いくらいやさしい。抵抗したいのに、このままぜんぶゆだねてしまいたくなる。

周の卑怯者《ひきょうもの》……。涙を浮かべながら、円は周のシャツの背中をぎゅっとつかんだ。

「こらっ、なにしてんねんっっ」

「……！」

律の声に、円は飛び上がりそうになった。

が、周はゆっくりと立ち上がり、律をまっすぐににらみつけた。

「み、見てわからへんか？　か、怪獣ごっこに決まってるやろ…っ…」

だめだ。しっかり声がうわずってる。

どきどきいっている胸を押さえながら、円はこの事態をどうするか必死に考える。

「おまえ、年いくつや。エンちゃん泣いとるやんか」

「律さん、周がぁ……」

円は律に駆け寄り、さっと後ろに隠れた。

「僕も正義の味方やりたいのに、僕のこと怪獣だって言ってやらせてくれないんだよっ」

「……」

周は、ぎょっとした顔で円を見た。

「ごめんなぁ。昔からそういうやつやねん。怪獣好きなくせに、ウルトラマンごっこやったら、正義の味方は自分しかおらへん言うてきかへんねん」

「……」

律の言葉に、周は脱力《だつりょく》した顔でベッドに腰を下ろした。

だって、そう言うしかないじゃない。それに……。

もとはといえば周が悪いんだよ。円は鼻をすすりながら、律の陰《かげ》から周をにらんだ。

嘘ついたから……。岬先生とふたりで、僕のこと子供扱いして仲間はずれにしたから……。

でも、ほんとはわかってる。心の中で迷ってる。

岬が現れて、急に自信がなくなった。周と自分のあいだにはなにもないのに、岬と周のあいだにあるものが気になって、気持ちの上で負けそうになっている。

だから、強くなりたい。周の正義の味方になりたい。そう思ってるのに……どうしたらいいのかわからない。

「……悪かった。ごめん」

周は、律に張りついている円の頭を撫でると、部屋から出ていってしまった。

涙がこぼれないように、円はきつく唇を嚙んだ。

自分がではなく、今度は周に言われてしまうかもしれない。

冬休み、恋人も冬休みにしてほしいって……。


正義の味方になるどころか、周にとって日に日に悪い存在になってきている。

〝怪獣ごっこで兄弟ゲンカ〟以来、お互いに学園祭の準備で忙しいのを口実に、家庭教師も休みにしたままで、ほとんどゆっくり話もしていない。

周が好きだという単純なことが、こんなにも複雑になってしまった直接の原因は、岬が現れたことだとわかっている。でも同時に、本当の原因が岬の来る以前から存在していたことも知っている。

コンプレックスは劣等感《れっとうかん》を表す言葉としても使われているが、本来は複雑なものという意味だと、周が教えてくれたことがある。そして、言葉どおりに、コンプレックスがあると単純にすむことが複雑になってしまうとも言っていた。

退治《たいじ》しなくてはいけない敵は岬ではなく、自分の中に棲《す》んでいる、単純なものを複雑にする怪獣なのだ。

しなやかな岬の強さは、道を訊かれたことがない、なんてお気楽なコンプレックスしかないからに違いない。

また岬をうらやんでいる自分に気づいて、円は思わず苦笑する。

そして、廊下の壁のカレンダーを見て瞳を曇《くも》らせる。今日は学園祭の最終日。岬との約束の期限の日だ。

自分の中の怪獣退治ができても、それは岬に見えるわけじゃない。しかも、どうやってやっつければいいのかを知らない。

でも、まだ今日は終わってない。

円は久々に得意の小さなガッツポーズをした。が、すぐに思い直して、

「へんっ、しんっ」

律たちが教えてくれた、なんとかライダーとかかんとかレンジャーの変身ポーズを適当に組み合わせ、気合を入れてやってみる。

「それやっっ」

いきなり後頭部に大声が飛んできて、円は目を丸くして振り向いた。

「律さ…」

「エンちゃんっ、それ使ってもかまへん⁉」

どうやら、円のやったポーズが新キャラの変身ポーズにぴったりだったらしい。

「いいけど……でも、適当にやったからもう再現できないかも…」

円が自信なさげに答えると、

「大丈夫や。完璧に覚えた」

そう言って、すぐにやってみせてくれる。

これで合っているのかわからなかったが、円は思わず笑いだしてしまった。

「可笑《おか》しい？」

律がまじめな顔で訊いたので、円は大きく首を横に振った。

「カッコいい。お仕事がんばってる律さんは最高にカッコいい」

そして、心の中で「いつもジャージで頭ボサボサでもね」と言いながら、またうつむいて笑いだす。なんだか急に元気が出てきてしまった。

「律さん、ありが……あれ？」

円が顔を上げると、律の姿は消えていた。

そして、皆が朝食をとっている台所のほうから、変身の決めゼリフを叫ぶ声が聞こえてきた。

急いでのぞきに行くと、律が円の作った変身ポーズをやってみせるのを、棚橋と添田が箸《はし》を持った手を止め、エプロンをした堀江も手にしたしゃもじを握りしめ、真剣な表情で見つめている。

こんな努力の積み重ねが、たくさんの読者を毎週楽しませているのだと、円は戸口のところで感動していたが……。

「読者には見せられへん姿やな」

「し、周っ」

いつの間にか隣に周がいて、いっしょにのぞき込んでいる。

「アオタもGTOも律さんに買ってもらったくせに」

円がじろりとにらむと、周はなぜか胸を押さえてため息をついた。

「どうしたの？」

「めっちゃ緊張してんねん」

「えー？」

自主映画を撮《と》っていた頃みたいにわくわくすると言って、毎日はしゃいでいたのに……。

周が副担任をしている2Aは、ゴジラの映画に周が英訳したセリフをアテレコして上映するはずだったが、録音したものを流すだけだと、生徒たちに当日の達成感を味わわせてやれないからと、ライブでアテレコをすることに変更したのだという。

自分たちのクラスのようにみんなで合唱するのと違って、ひとりずつにかかるプレッシャーはかなり大きそうだと、思わず円も緊張してしまう。

「大丈夫。がんばって」

使えない言葉だと思っていても、ほかにかける適当な日本語がない。

でも、久しぶりに周に笑顔を見せられた。

「そやな」

緊張した笑顔に、胸がきゅんとなる。ぎゅっと抱きしめてあげたいけれど、今ここでそんなことをするわけにはいかない。

「観《み》ながら、こうやってるからね」

岬に教えてもらった、指をクロスさせるおまじないをやってみせる。

「サンキュ」

周の笑顔に、円もほっとする。恋の力が身体に満ちてくる。

今この瞬間、周のためにできることは、こんなことくらいしかないけれど……。

今日一日、まだあと後夜祭までは十時間もある。

「やだっ、学校《こっち》に入ってくるっ」

円のクラスは合唱の最後の練習のために音楽室に入っていたが、窓際《まどぎわ》にいた女生徒が正門から救急車が消防車を伴《ともな》って入ってきたのに気づき、全員が楽譜《がくふ》を放り出し、窓に張りついてグラウンドを見下ろした。

救急車と消防車は体育館に横づけにされ、救急車の中から隊員が担架《たんか》を持って出てくるのが見えた。

「体育館でなんかあったのかな……」

周のクラスが今頃はスタンバイしている時間なので、円は心配そうに瞳を曇らせた。

「もし大きな事故とかだったら、校内放送入るから大丈夫だろ。みんな練習に戻れよ」

発表する歌の作曲と指揮を担当している合唱部の三宅《みやけ》がパンパンと手を叩き、生徒といっしょに窓に張りついていた担任の内藤《ないとう》が、レンズの厚い眼鏡をずり上げながら「そうだぞ」とたしなめるように言った。生徒たちはどっとウケて笑ったが、円は笑えなかった。

「隼人《はやと》、僕ちょっと体育館見てくる」

「馬鹿だな。違うよ」

「だって…」

「カウントするぞ」

隼人はやれやれという顔をしたが、

「していいからっ」

円は楽譜を隼人に押しつけると、音楽室を飛び出していった。


「よかったぁ……」

円は、ほっと身体の力を抜いた。

二年生の生徒のひとりが急性の虫垂炎《ちゅうすいえん》を起こしたらしいが、悪い状態ではなく、とりあえず近くの救急病院に運ぶことになったらしい。消防車がついてきていたのは、火事ではなくただの規則だった。

「ほらみろ」

円についてきた隼人が前髪を引っぱった。

「早く戻ろうぜ」

円がうなずこうとしたとき、散らばりかけた野次馬《やじうま》の列から突然笑いが起こり、円は不思議そうに振り返った。

「あっ…」

担架にゴジラがのせられている。いや、ゴジラの着ぐるみを着た男子生徒だ。

ナレーションの生徒に、ゴジラの格好《かっこう》をさせてやると周が嬉しそうに言っていたのを思い出し、円は控《ひか》え室《しつ》になっている運動部のロッカー室に走っていった。

開け放たれたドアの中を伺《うかが》うと、思ったとおり、ナレーターを失った2Aの控え室はパニックになっていた。

日本語ならば、台本を見ながら急な代役が読むこともできるかもしれないが、英語では難しい。ゴジラに似せて作った着ぐるみは病人が着たまま病院に運ばれてしまったし、英語がいちばんできる生徒は主役の声を担当していて使えないらしい。

「夏目《なつめ》先生がやるしかなくない？」

女生徒のひとりが言ったが、

「俺はあかん。教師は参加できへん」

落胆のため息があちこちで洩れる。

夏休みに、周が時間さえあれば視聴覚教室に通い、台本と字幕を作っていたのを円は知っている。嬉々《きき》として、美術室で着ぐるみを生徒たちといっしょに作っていたことも……。

頭を抱《かか》える周を見つめながら、円は自分のほうが泣きそうになっていた。

「しょうがないよ、円。そろそろ戻ろう」

隼人に促《うなが》され、控え室に背を向けた瞬間、

「あっ、藤沢《ふじさわ》岬ちゃんは？　彼、正式な先生じゃないからオッケーなんじゃない？」

岬の名前を聞いて、突然、円の中の泣きだしそうな気分が、まったくべつのエネルギーに変わっていた。

「隼人、うちに電話して」

円は隼人のパンツの尻《しり》ポケットから携帯電話を取り出し、脅《おど》すように突きつけた。

「なんで…」

「いいから早くっ」

コールするとすぐに堀江が出てくれたので、円は誰でもいいから大急ぎで学校の正面玄関まで怪獣パジャマを持ってきてくれるようにと頼んだ。

そして、ぽかんとしている隼人に携帯を返すと、小さく深呼吸をして控え室に入っていった。

「周、台本見せて」

「エンちゃん⁉」

「早く読ませてっ」

周の手から台本を奪《うば》うと、円はぱらぱらとめくりながら英文に目を通した。

大丈夫。これならできる。確認すると、円は周を見上げて言った。

「周、夏休みに言ってたよね。俺の弟やから特別出演してもかまへんって。あれまだ有効？」

間に合えば、ナレーションだけでなく、周の希望どおりに怪獣になることもできる。着ぐるみと違ってパジャマだからちょっと迫力に欠けるけど、夏目リツデザインで、ちゃんと背中のギザギザも長いしっぽもついている。

2Aの舞台監督と音響《おんきょう》係と打ち合わせをし、タイミングを確認すると、円は正面口に行き、そろそろだろうと正門のほうに目を眇《すが》めた。

「ちょっと……嘘でしょ……」

円は、事実を確認しようと大きな目をさらに見開いた。

「ああっ……」

思わず恐怖の声が洩れる。

タクシーで来ると思ったのに……。降りしきる雨の中を、校庭の泥《どろ》を跳《は》ね上《あ》げながら、周の愛車のGTOが猛《もう》スピードで走ってくる。

「り、律さんが運転してるっっ」

円の声にかぶって、ぎゃーっと背後で周が叫ぶのが聞こえた。


不思議だった。

舞台に上がるまでは、心臓がばくばくして息をするのも苦しいほど緊張していたのに、いざ本番が始まって舞台の端《はし》のスタンドマイクの前に立つと、すうっと波が引くように頭の中が静かになった。

円の怪獣姿を見て、客席から「かわいー」とか「エンちゃーん」とか声がかかるが、円は動揺することもなく、映し出されたスクリーンを見ながら母の言葉を思い出していた。

『通訳は女優と同じよ。舞台で演じるくらいの演技力とクソ度胸《どきょう》がなきゃだめなんだから』

そう言って、どんなに大勢の前でもクライアントの言葉と気持ちを伝えられることを自慢していた。

どうやら自分は、意地っ張りだけでなく、母からクソ度胸というやつも受《う》け継《つ》いでいたらしい。


「エンちゃんっ」

拍手を背に、円が舞台の袖《そで》に戻ってくると、周がいきなり抱きしめてきた。

「だ、だめ…」

驚いてまわりを見回すが、男子も女子もなく、誰もが無事に終わった喜びを抱きあい分かちあっていた。

その光景を見てほっとしたのか、急に身体じゅうの力が抜けてしまった。

よかった……。円は周の胸に頬をつけて、大きく息を吐き出した。

「周……ごめんね」

「助けてくれたのに、なんで謝るん？」

円は黙って首を横に振った。

「僕が周のこと、守ってあげたかった」

周がいちばんつらかったとき、対等な立場でそばにいたかった。

そしたら、周の正義の味方になれたかもしれないけど……。

だめなんだ。周は大人で、僕は子供だから……。

円を見て、周はふっと目を細めた。

「ほんまに、チョウチョとタン塩やな」

「へ…？」

円がきょとんと顔を見ると、周は笑いながらきつく抱きしめてきた。

「円っっ」

「わわっ!?」

後ろからいきなり勢いよく引《ひ》き剝《は》がされ、円はよろけながら振り向いた。

「いつまで怪獣やってんだよ。着替えないと、もうすぐうちのクラス出番だろっ」

隼人はすでに白いシャツとパンツに着替えて、すっかり準備が整っている。

「こら、隼人っ。人が感動の余韻《よいん》に浸《ひた》ってんのが…」

「学園祭が終わったら、いくらでも家で浸ればいいだろっ。いっしょに住んでるんだからっ」

皮肉たっぷりに言って、隼人は円の手首をつかんで引っぱっていった。


「今の、ノロケ五回分だかんな」

円の手を引いて早足で歩きながら、隼人は怒った声で言った。

「そんなぁ……」

引きずって汚さないように、空《あ》いている手で怪獣パジャマのしっぽを抱えて歩きながら、円は情けない声を出す。

「なんだよ、その顔」

「……だって」

「そかそか……そんな俺とキスするの嫌なんだ。やっぱ円は俺のこと嫌いなんだ。俺が子供だから」

脅迫《きょうはく》するの？　人の弱点を突いてくる隼人を、円はキッとにらんだ。

「あ、俺の好きな怒った顔。いただきっ」

隼人が顔を近づけようとしたとき、

「やだっっ。エンちゃん、いつまでそんなカッコしてるのよっ」

進行係の真弓《まゆみ》が円を引き剝がしたので、隼人はちぇっと舌を鳴らして円から離れた。

「井上《いのうえ》くんも、ぼさっとしてないで怪獣脱《ぬ》がして」

「え、脱がすの？　喜んで」

ころりと機嫌を直す隼人に、円は思わず身体を退《ひ》いた。

「い、いいよ。自分で脱げ……あれ？」

「どうした？」

「どうしよう……」

円は泣きそうな顔で隼人を見上げた。

「ファスナー、シャツに噛んじゃってる……」


「サイテー……」

誰もいない控え室で、円は折りたたみ椅子にもたれかかってため息をついた。

正義の味方になるどころか、思いっきりクラスの足を引っ張ってしまった。

歌で音をはずしたというならまだしも、衣装で台無しにしたというのが情けない。

降り積もる雪がテーマのしっとりと美しい楽曲なので、背景《スクリーン》に雪景色を映し出し、全員が真っ白な服で舞台に並ぶという演出だったのに、モスグリーンの怪獣が混ざっていたのではしっとりと美しくなるわけもなく、会場は爆笑《ばくしょう》の渦《うず》に包まれてしまった。

数年前に、音痴《おんち》の生徒をはずして出場したという事件が発覚して以来、病欠《びょうけつ》以外での不参加者のいるクラスは賞の対象にならないことになっている。ゆえに、円はそのまま舞台に上がるしかなかったのだ。

仮病になるという案を円が出したが、多数決であっさり却下《きゃっか》されてしまった。

クラスメイトたちは『ウケてよかった』と言って校内に散っていったけれど、目標だった優勝どころか入賞も無理だろう。

おまけに、周の腰を抜かさせそうになってしまった。

すぐに運転していたのは棚橋《たなはし》だとわかり、車も律も無事でよかったが……。正面から見たせいで、いつも自分が乗っている助手席が運転席に見えてしまったという大ボケがあまりにもカッコ悪すぎる。

岬にだけは知られたくない。絶対に。

そう思った瞬間、

「Congratulatio～ns!」

能天気《のうてんき》な声といっしょに、両手にコーンアイスを持った岬が入ってきた。

「僕、二日酔いじゃないからけっこうです」

隼人がジュース買いに行ってくれてるし……。差し出されたアイスを見て、円はふいと横を向いた。

「なにその態度。合格おめでとうって言ってあげてるのに。ほら、溶けちゃうよ」

円は迷惑そうな顔で受け取ると、

「僕がやったのは怪獣で、正義の味方じゃないよ」

アイスにがぶりと嚙みついた。

円の言葉を聞いて、岬は一瞬目を丸くし、そして声をたてて笑った。

「だって、周の正義の味方は、ウルトラマンじゃなくて怪獣じゃない」

「へ…?」

「まだわかんないの？　最初から、僕がマドカに勝てるはずなんかなかったってこと」

「……」

ぽかんとしている円に、岬はアイスをぺろりと舐《な》め、悪戯《いたずら》っぽく笑った。

「僕には、周の大好きなキバがないからね」


「先生がこんなことしていいの？」

怪獣のしっぽをいじりながら、円は呆れ顔で周を見上げた。

「副担《ふくたん》以上の役目果たしたし、ゴジラが手術せんですんで担任も病院から戻ってるし、かまへんのとちゃう？」

視聴覚教室のスクリーンの上では、ゴジラが元気に暴れている。

「でも、周が誰を誘ったんだろうって、女の子たちが探してるかもしれないよ」

円の高校では、体育館での後夜祭のときに、告白したい相手を教室などに誘い出すことが伝統になっている。一応出席をとるので、噂の誰かと誰かがいないとなると、みんなにばれてしまうという、こっそりチョコレートを渡すバレンタインデーよりもスリリングな時間なのだ。

「弟といるぶんにはええやんか」

周は嬉しそうに円の肩を抱き寄せた。

そう、上映したばかりのフィルムを回しているのはカムフラージュのためらしい。

でも、いったいなんの？　円はちらっと周の顔を見る。

「周って、ほんと学生気分が抜けてないよね」

「エンちゃんは現役《げんえき》の学生やのに、ほんままじめやね」

「どうせ、まじめで面白くないよ」

岬に言われたのと同じことを周にも言われ、円は不貞腐《ふてくさ》れた顔で横を向いた。

「俺は、こんな面白いおもちゃないと思うけどな」

どうせ、おもちゃだよ。怪獣だよ。

岬には遊ばれただけだったし、自分的には正義の味方になれなかったし……。

「正義の味方目指してがんばる怪獣なんて、見たことも聞いたこともあらへん」

「……!?」

円は、大きく目を見開いて周を見た。

「岬先生がしゃべったの!?」

「報告の義務やんか。エンちゃんは俺のおもちゃやねんから、無断《むだん》で遊ばせるわけにはいかへん」

「ひどーい。ふたりして僕のこと見て笑ってたんだぁ」

円は半ベソの顔になる。

「俺は楽しんどったけど、岬は真剣やった……ちうか、エンちゃんには勝たれへんって最初からあきらめとったみたいやな」

嘘ばっかり。ふたりで勝手に子供割引きしてくれたくせに。

「もういいよ。どうせ、僕にキバが生《は》えてるからっていうオチなんでしょ」

「それもあるけど……それだけやない」

「じゃあ、なんだよ」

「自分で言うてたやんか」

「え…?」

「岬の部屋で酔っ払って……僕がいっちゃん周のことが好きやから誰にもやらへんって」

円はカッと赤くなり、

「そ、そんなこと、言ってないもん」

怪獣のしっぽをぎゅっと握った。

「なんや、覚えてへんの？　愛の告白や思《おも》て喜んどったのに」

「ぼ、僕っ……もし酔ってても、絶対に大阪弁で告白したりしないもんっ」

「そらそうや」

周はあははと笑い、円を包み込むように抱きしめた。

「お願いやから、エンちゃんは怪獣のままでおってな」

「え…？」

円は周の胸に頬をつけたまま、手から怪獣のしっぽを落とした。

「どう……して？」

僕が大人になるの、嫌なの？　円が混乱した顔で見上げると、

「まだわからへんの？」

周はくすっと笑い、円の腰をひょいと持ち上げて机の上に坐らせた。

「怪獣が正義の味方になってしもたら、怪獣ごっこでけへんやんか」

「……」

そう……だよね。円は、感心したように周を見た。

「怪獣いなくなったら……ウルトラマン失業しちゃうもんね」

まじめに受け取る円に、周は苦笑いを浮かべる。そして、

「ベロ火傷《やけど》したないから、火ぃ吹かんといてな……」

円の腰を引き寄せ、唇を合わせてきた。

流れてくる熱にふわっと身体が熱くなり、円は目を閉じながら周のシャツをつかんだ。

周のキスは気持ちいい。心と身体の栄養になったり薬になったりしてくれる。

だから、自分ばっかり正義の味方になりたがるのは許してあげる。

でも……。

仕事中にこんなことしてる先生は、正義の味方にはなれないと思う。

鍵の掛かった視聴覚教室。ＢＧＭはあの日と同じ。ゴジラが永田町を暴れ回る音がする。

もうすぐ国会議事堂が破壊され……。

周が、怪獣パジャマのファスナーが下りないことに気づくまで、あと何秒……？

7

無理やり渡された歌舞伎《かぶき》のチケットが、マリアと引きあわせてくれ、二度と会えないとあきらめていた周《しゅう》に会えるチャンスを与えてくれた。

『君の中に棲《す》みついている、正義の味方を退治《たいじ》してこい』

そう言って送り出してくれた人が、〝チケットをくれたアメリカ人の友人〟こと、岬《みさき》の現在の彼氏だったのだ。

その彼のためにも、自分の中で終わっていない周との恋を終わらせたかった。だから日本に来ることを決めたのだと、成田《なりた》に向かう車中で、岬は突然言いだした。

どうしてそれを最初に言わなかったのかと、円《まどか》としては当然の疑問、というか不満をぶつけると、

「あわよくばちょこっと、いや、できればたっぷり、周と浮気して帰ろうと思ってたんだよね」

などと、けろけろと告白した。

「アホか」

ハンドルを切りながら、周はひと言で片づけてしまったが、胸の内で思っていることには干《かん》渉《しょう》しないことにした。

岬の本心は、以前に話してくれたとおり、『周が幸せかどうかを確かめに来た』というのが正解だろう。もちろん、あわよくば……の部分も。間違いなく。


「最後にさよならのキスしていい？」

成田空港のロビーでも、岬は円に遠慮する様子もなく、平然と周に言った。

「あかん」

周がそっけなく断ると、

「じゃ、マドカから周に渡しといて」

言うが早いか、岬は円の唇に音をたててキスをした。

「おまえは…っ…」

「周が素直に人の愛を受け取らないからだよ」

岬は子供のように、べっと舌《した》を出した。

円はもう笑うしかない。岬が面白いからではない。面白いのは自分だ。

こんな人が一ヵ月もそばにいて、どうしてわからなかったんだろう。英語だけじゃなく、なにがいちばん大切なのかを、岬はずっと教えてくれていたのに……。

なんの災難でこんな人が来て、自分の心をこんなにもかき乱すのだろうと、何度も恨《うら》めしく思った。でも、今の自分にいちばん必要な先生がやってきただけだった。

ときには乾いた地面を潤《うるお》すために、ときにはすべてを洗い流すために、自然に雨が降るように……。

「エンちゃん、こいつはこういうやつなんや。俺が近づいたらあかん言うた理由、わかったやろ」

「わかんない」

「……」

周は口を開けたまま固まり、

円は、紙袋に入れていた怪獣《かいじゅう》のぬいぐるみを岬に手渡した。

「はい、先生」

岬がコミックスを読んでファンになったと言っていたので、一匹連れてきたのだった。もちろん、まどかちゃんのセーラー服の襟《えり》には夏目《なつめ》リツのサインが入っている。

「マドカだと思って毎晩抱いて寝るね」

岬は、今度は怪獣にキスをした。

「あ……」

周が不機嫌な顔をしているのを見て、円ははっとする。

そういえば、周にだけぬいぐるみをあげていなかった。周がいちばん怪獣好きなのに、隼人《はやと》にも岬にもあげて、周にだけ……。

岬が帰るのがほんとは淋《さび》しいくせに、周は絶対に顔に出さない。だから、怪獣のことも自分からは言いだせないに違いない。

帰ったらすぐにあげなきゃ。

円は自分に言い聞かせ、小さくうなずいた。

「See ya《じゃあね。》」

岬が軽くさよならを言うと、周の表情が変わった。瞬間、周の気持ちを感じて胸がきゅうっと痛くなった。

やきもち焼いたりしないから、我慢しないでキスしちゃえば？　円がそう思った瞬間、

「隙《すき》ありっ」

岬は周の唇に小さなキスをした。

「マドカと仲よくね」

そう言って微笑《ほほえ》む岬に、周は負けたという顔をし、円をちらりと見た。

円が笑顔でうなずくと、周は岬をそっと抱きしめた。

不思議だった。抱きあったふたりが、恋人にも友達にも家族にも見えて、胸の中に温かなものが満ちてくる。

「夏目家の愛情表現で見送って」

そう言って、岬は周から身体を離した。

周は、円を見て肩をすくめた。

「そんなこと言うて、すぐに『ただいま』て帰ってきたらどうする？」

円はくすっと笑い、

「行ってらっしゃい」

さよならの代わりに言った。

〝好きやねん〟のつぎに大好きな、心が元気になる言葉を……。


岬といっしょに、秋雨《あきさめ》前線も去っていってしまったのだろうか……。

成田からの帰りの空には、雨上がりの虹が大きくかかっていた。

この長雨が上がれば、秋晴れの爽《さわ》やかな日がつづくと青山《あおやま》さんが言っていた。

心配していた旅行にも、語学研修ではなく本来の目的のために行けそうだ。

円は怪獣を抱いて、ご機嫌で周の部屋に入っていった。が、

「俺、こんなもんいらん」

周は憮然《ぶぜん》とした顔で、人形を押しつけるように返してきた。

「忘れてた僕も悪いけど、そんなことで怒るなんて大人げな…」

いきなり抱きしめられ、円は目を瞬《またた》かせた。

「本物がおるのに、なんでぬいぐるみ抱いて寝なあかんの？」

「え…？」

円の手からぬいぐるみを取り上げ、ベッドの上にそっと置く。周がなにを言っているのか、円にもわかった。

「周……だめだよ。まだこんな時間…」

「せっかく誰もおらへんのに、こんな時間もあんな時間もないやんか」

「あ……」

律《りつ》と夏目組のアシスタントたちは、取材と称《しょう》して『エンちゃんは連れていかれへん場所』に行っていて留守なのだ。

朝、律が今夜はみんなで出かけて夜中まで帰らないので、夕食はふたりで食べるようにと言っていたのを、すっかり忘れていた。

「こんな重大なこと忘れたらあかんやんか」

「早く晩ごはんの支度《したく》しなきゃ！」

周はがくっとベッドに手をつき、部屋を出ていこうとする円の手首をつかんだ。

「わざとやったら怒るよ」

「わざとって……？」

周ははぁっとため息をつくと、笑顔を立て直して円の顔を見た。

「先生、ふだん思いっきりでけへんことやってから、どっかにうまいもん食べに行くいうんはどないです？」

「……」

円は赤くなって、こくんとうなずいた。

「ほな、いただきます」

周は、つかんでいた手を引いて円を抱き寄せる。

「ど、どうぞ」

まじめに答える円に小さく吹き出してから、周はそっと唇を重ねてきた。

周の体温といっしょに、好きのエネルギーが流れてきて、すぐにとろんと気持ちよくなってくる。

ドアが開く心配がないと、身体はこんなにも素直になって……。

「んん？」

円は口づけたまま目を瞬かせた。ドアをガリガリ引っかく音がする。

「周、ちょっとタイムっ」

円は周の腕をほどいて、急いでドアを開ける。と、予想どおりに、甘味《かんみ》三兄弟がわらわらと円の足元に寄ってきた。

円は屈《かが》み込《こ》んで、よしよしと三匹の頭を撫《な》でた。

「こいつら、隼人に邪魔するように仕込まれてるんちゃうやろな」

周はドアに肘《ひじ》をつき、前髪をかきあげながらうんざりした声で言った。

「まさか、猫がそんなこと…え？」

円は目を見開いて周を見上げ、周はしまったという顔で横を向いた。

「周、知ってたの!?　いつから!?」

円は、立ち上がって周を問い詰める。

「最初から知っとるよ。あんなばればれの態度で、わからへんほうがおかしいやんか」

開き直ったのか、周は逆ギレっぽく言った。

「じゃなくて、なんで知らん顔してたのって言ってんのっ」

「それは言われへん」

「言ってっ」

「……」

「隼人が……僕と同じで子供だから？」

泣きだしそうな円に、周はあきらめたようにため息をついた。

「……そうや。あいつカッコええし、ええやつやし、なんちゅうてもエンちゃんと同い年やし……あの若さで本気で向かってこられたら負けそうやんか」

「……」

びっくりした。自分と逆の、つまり同じようなことを周が思っているなんて、考えたこともなかった。

もっと早く言ってくれていたら、岬のことであんなに悩まなかったのに……。

「頼むから、隼人には内緒にしとってな」

弱気な発言をする周に、胸がきゅんとなる。

正義の味方だって、テレビに映ってないところではきっと、恋人や家族に愚痴《ぐち》をこぼしたり、ひとりで弱気になってたりするんだよね……。

「周、変身して」

「え…？」

「怪獣ごっこのつづきしよ」

周の腰に両腕をまわし、ねだるように顔を見上げる。

「ドア開けとけばガリガリしないから、ごはんはちょっと待ってもらって、開けっ放しで……しよ？」

「……」

大胆な円の提案に、周は戸惑ったように眉を傾けた。

「正義の味方、やらせてあげるから」

周にしか使えない殺し文句を言うと、

「おおきに」

周は苦笑いを満面の笑みに変え、円を思いっきり抱きしめてきた。

恋の成分
koi no seibun

1

「周《しゅう》に嘘ついちゃった……」

円《まどか》の言葉に、隼人《はやと》は机に頬《ほお》づえをつき、うんざりした顔でため息をついた。

隣の席で、円もつられるようにため息をつく。

誕生日の朝にアオコとアオタのあいだに子トカゲが生まれて、ぞろぞろと部屋にいる夢を見た。なんと、あれは正夢だったのだ。

まだ生まれてきてはいないが、十日ほど前、周に『アオコとアオタの挙動《きょどう》がおかしいから、いよいよあいつら夫婦になるみたいや』と報告されてしまった。

ぎょっとなったのをかろうじて抑《おさ》え、よかったねと答えることができたが、胸の内ではどうしようと思いっきりうろたえていた。

でも、赤ちゃんトカゲが卵から生まれてくるところを見れば、こわいなどという気持ちは消えて爬虫《はちゅう》類嫌《るい》いも治るかもしれない。そう思った。思うことにした。

『きっと治るよ。めっちゃ可愛《かわい》いから、エンちゃんも大好きになる』

周に言うと、嬉しそうに笑って抱きしめてくれた。

周を安心させたい。好きを共有したい。でも、ほんとはぜんぜん自信がない。

「嫌だなんて言えないもんね」

円は同意を求めるように隼人を見た。

「ねって言われてもさー。てか、なにげにノロケ入った恋の相談は間に合ってるよ」

「恋じゃなくてトカゲの相談じゃん」

「俺が言ってんの、魚の鯉《こい》じゃなくて恋愛の恋だってわかってる？」

わかってるよ。円はじろりと隼人をにらんだ。

「どっちにしてもカウント1だからな」

隼人の前で周のことで一回ノロケたら、1カウントをとられ、5カウントたまったらペナルティでキスをしなくてはいけない。と、隼人が一方的にルールを決めた、冗談なのか本気なのかわからない約束ができている。

でも、隼人の不機嫌の理由は本当はノロケ話などではない。

周と冬休みにふたりきりでハワイに旅行をすることを、嬉《うれ》しげに報告するのも悪い気がするし、黙って行くのもおかしいし……どう報告したらいいのか悩んでいるうちに、周が顧問をしているバスケットボール部の女子にしゃべっているのを隼人が聞いてしまったのだ。

「でも、これって英語の勉強に行く旅行だから」

円が困った顔で意味のない言い訳をすると、

「……わかったよ。がんばって勉強してきな」

隼人はあきらめたように笑顔を見せてくれた。

あるがままの自分を見せられる初めてできた親友。周への気持ちとは種類が違うのだけれど、好きのレベルが違うわけじゃない。恋人にはなれないけれどずっといっしょにいたい。そんな身勝手で、自分がその立場ならとうに逃げ出している関係を、隼人は寛容《かんよう》さとポジティブさで受け止めてくれている。

いっそ嫌われたほうがいいとか、隼人にも恋人ができたらいいのにとか、ふいに思いかけ、でもそれはいちばんよくない言いぶんな気がして、結局は甘えてしまっている。

「お土産買ってくるね」

「へーへー、楽しみにしてるよ」

怒っていても、隼人はなんだかんだですぐに笑顔を見せてくれる。

円は、胸の中で「ありがとう」とつぶやいた。

「あ、僕がアオコの子供こわがってること周に言わないでよね」

「いいけど、カウント3な」

「えー、なんでみっつも……あ、」

ドアが開き、テキストと出席簿を抱《かか》えた周が教室に入ってきた。円は手にしていたペンをぽろりと落とし、女生徒たちの悲鳴のような歓声に隼人はうるさそうに耳を塞《ふさ》いだ。

「Hey, what's up guys?」

周は知った顔ぶれに気さくに声をかけ、

「I'm fine, thank you, and you〜?」

女生徒が声を揃《そろ》えて英語で応《こた》えた。

「So-so! 大阪弁に訳したら、ぼちぼちでんな〜」

軽くジョークを飛ばしながら、周は教卓の上にテキストを重ね、オーラルの南《みなみ》が親戚の不幸のため休みで代講をする旨《むね》を伝えた。

また心の準備なしで周の授業……。円は胸を押さえて小さな深呼吸をする。

「顔がノロケてる」

隼人がからかったが、円は気づかず、期待と戸惑いの混じった表情で周を見つめている。

「だめだ、こりゃ……」

「え、な、なに?」

「邪魔しないから、しっかり勉強しな」

隼人が大げさに肩をすくめて見せたので、円はきゅっと眉を寄せた。

言われなくてもしっかり勉強するよ。今日はもう、緊張したりヘンな期待したりしてないんだからなっ。

「夏目《なつめ》先生、今日は手抜きしないでちゃんと出席とってくださいね」

周ファンの野崎由美《のざきゆみ》の言葉に、円はどきっとなって椅子から飛び上がりそうになった。

以前にも一度、周はこのクラスを代講したことがあって、周が出席をとるときに生徒をファーストネームで呼ぶことを知っていた円は、周が初めて自分のことを「Madoka」と呼ぶのを聞いたらどんな気分がするだろうと胸を高鳴らせて期待していた。なのに、周は『だいたいおるみたいやな』などと適当なことを言って省略してしまい、円はがっかりした経験があるのだ。

「手抜きすんなよって、英語で言えたらとってもええよ」

「I have no idea!《ぜんぜんわかりませ〜ん!》」

即答する由美に、周はがくっと肩を傾けた。

「は、早っ。ちょっとは考えよ」

「だって、知らないんだもん〜」

自慢のさらさらの長い髪を指先で弄《もてあそ》びながら、由美は鼻にかかった声で言った。

先生というよりお兄さんみたいに接してもらうのが好きなのか、生徒にタメ口をきかれても周は絶対に怒ったりしない。むしろ嬉しそうに見える。

「Come on……《なんでやねん……》Give it a try!《トライしよ!》」

「もう……意地悪しないで、早く出席とってー」

「Don't《怠けたらあかん！》 be so lazy!」

「Pardon?」

「今答え言うたやろ？」

「えっ、ほんと？　じゃなくて、Really?」

「Okey, okey……I'm going to call the role. 出席とるよ」

「やったぁ」

女生徒たちから拍手と歓声が沸《わ》き、さすがの周もやれやれという顔になり、まじめな顔で出席をとり始めた。

「Miyuki」

「Here!」

出席番号1番の赤井《あかい》みゆきが、嬉しそうに周に手を振った。

「笑顔はええけど、手は振らんでよろしい」

と周が言ったのに、ほとんどの女生徒が返事をするついでに周に自己アピールをする。

「Sayaka」

「はぁ〜い」

中村《なかむら》さやかが、唇に人さし指を添えて言った。

「しっかり化粧しとっても、一年はまだまだ子供やねんなぁ。ぜんぜんそそられへん」

「You tell a lie!」

「それ『うっそ〜』のつもりやったら、バツやからな。めっちゃ失礼発言やし、そのニュアンスで言いたいんやったら、You kidding? とかNo kidding! にしてな」

「先生がしてっていうなら、してあ、げ、る」

「Say no more.《ご苦労さん。》 そういうセリフは、身も心もちゃんと育ってから言わな意味ないからな」

さやかのつぎは自分なので、どきどきして待っているのに、女生徒たちに乗せられて周はまたまた脱線してしまう。いや、わざと女の子たちを刺激するようなことを言って楽しんでいる。ふざけながらも日常で使う言葉を教えてくれてはいるが、授業の進め方に関しては岬《みさき》のまじめさを見習ってほしいものだ。

「Well……《えと……》Where were we?《どこまでやったっけ?》」

遊んでるからわかんなくなるんだよ。眉をひそめながら、胸の動悸《どうき》が止まらない。

「Your brotherエンちゃんからでーす!」

後ろの席の柴田《しばた》のぞみが円の後頭部を指さした。

「Thanks」

のぞみにウィンクをすると、周は円を見てにっこり笑った。心臓が音をたてそうになったが、

「エンちゃんはいっしょに登校したもんな」

周はあっさり出席簿にチェックを入れ、つぎの生徒の名前を呼んでしまった。

そんなのあり？　円が呆気《あっけ》にとられてぽかんとしていると、

「いいなぁ、エンちゃん。毎朝先生といっしょなんてうらやましー」

なにも知らないのぞみが無邪気に話しかけてくる。

「ぜんぜんよくないよ」

円が小さくため息をつくと、隣で隼人が机に突《つ》っ伏《ぷ》して笑いだした。

「ムカつくー」

周にも隼人にも腹が立つ。円は眉を寄せ、テキストを閉じた。

来てるのがわかってるからって、飛ばすことないじゃん。

が、すぐに思い直して胸の中でもうひとつため息をつく。

そう、自分から伝えなければ、周には絶対にわかってもらえない。わかるはずがない。

周にとってはこんなこと、きっとどうでもいいことなんだから……。


「ちょっと訊《き》いていい？」

昼休みの屋上で堀江《ほりえ》の板前弁当を食べながら、円は隼人の顔をじっと見た。

「訊かなくても、愛してるよ」

「馬鹿」

円は、隣に坐《すわ》っている隼人の足を蹴《け》る真似をした。

「聞こえてないって」

屋上の端のほうで上級生の女生徒が数人、楽しそうにおしゃべりをしながら弁当やパンを食べている。話している内容までは聞こえないが、バスケ部の井上《いのうえ》隼人がいるせいだろう、ときどきこっちを見てなにか噂していているのがわかる。

まさか隼人が自分のことをこんなふうに好きだなどと、彼女たちの誰ひとり想像したこともないはずだ。なにも知らずに熱い視線を送っているのが気の毒というか、もったいないというか……ごめんなさい。

それはさておき、隼人に訊いてみたいことがある。

「あのさ……みんな僕のことエンちゃんって呼ぶのに、隼人はなんで円《まどか》って呼ぶのかなって」

「そっちこそ、なんで急にそんなこと訊くんだよ？」

「なんでって……」

円が答えに詰まると、隼人はにやにやしながら焼きそばパンをかじった。

「好きなやつのこと呼ぶのに、エンちゃんなんて、なんか弟か小さい子供呼んでるみたいでぜんぜん色っぽくないじゃん」

弟。小さい子供。色っぽくない。

隼人の並べた言葉のひとつひとつが、胸の中のコンプレックスをちくちくと刺激した。

「それがどうかしたのか？」

円はあわてて首を横に振った。

周が自分のことをエンちゃんと呼ぶようになった理由は、律《りつ》から聞いて知っている。

『エンちゃんいうあだ名やって、周が考えたんや。まどかってええ名前やけど、お母ちゃんが呼んではったから、おんなし呼び方したら泣くんちゃうかって……』

その言葉を聞いてから、嫌っていたエンちゃんという呼び方を好きになれた。家族にそう呼んでもらえることが、すごく大切なことのように思えるようになった。

だから、不満はないのだけれど……。

ううん、不満なんてない。

絶対にない。


感情というのは、否定されると逆に自己主張してくるものらしい。

出席簿事件と隼人の『弟。小さい子供。色っぽくない』発言のおかげで、胸の中の小さな願望が、オーブンに入れたスフレ生地《きじ》のようにむくむくと膨《ふく》れ上《あ》がってきて、どうでもいいと思ったことが、どうでもよくなくなってしまった。

エンちゃんと呼ぶのはそのままでかまわない。でも、一度でいいから周に円《まどか》と呼んでみてほしい。そう思ってしまった。

でも、馬鹿みたいで自分からは言えないし、言わなければ気づいてもらえるはずもない。

いったいどうしたら……。

「エンちゃん、起きてる？」

食事中に箸《はし》をくわえたままぼんやりしていたら、律が顔の前で手を振ってみせた。

「関西風のおでん、口に合わへんかった？」

堀江が心配そうに訊いたので、円はあわてて首を横に振った。

透《す》き通《とお》ったような出汁《だし》なのに、ほんのりとした甘みと深いコクがあって、それが種《たね》にじんわりとしみ込んでいて、大根などは口に入れるととろけそうにふっくらと煮えている。

「大好き」

円が笑顔で答えると、堀江は頭に手をやって頬を赤くした。

「大好きとか言われるとなんや照れますねー」

「おまえが好き言うたんちゃうやろ」

棚橋《たなはし》が横から堀江の後頭部をはたいた。

「え、そんな。僕、堀ちゃんのことも、堀ちゃんのおでんと同じくらい好きだよ」

「おでんと同じくらい好きやって。よかったなぁ」

律の言葉にみんながウケて笑っているのに、円は箸を持った手を止め、またぼうっとした顔に戻っている。

「エンちゃん、心配ごとあるんやったら言いよ」

律に声をかけられ、円はあわてて笑顔をつくった。

「旅行に持ってくもの、なにか忘れてないかなって」

気分はもうハワイ。子供みたいだと思われるのは嫌だったが、本当のことを言うよりはずっとましだった。

こんなつまらないレベルの悩み、恥ずかしくて誰にも言えないよね……。

円は、ふうっと小さく息をついた。

「必要なもんはなんでも売ってるし、そんなこと心配せんでええよ」

周の笑顔に、円は大きくうなずいた。

「だよね」

この程度の悩みしかないなんて、幸せすぎるってことだよね。

心の中で、自分に言い聞かせるようにつぶやいた。

あのときは本気で焦《あせ》ったけど……。

ベッドに横になり、洩《も》れてくる月明かりに照らされているスーツケースを見ながら、円は冬休み前の出来事を思い出していた。

結果的にはなにごともなかったのだけれど、周が留学中につきあっていた藤沢《ふじさわ》岬が現れて、不安と自信喪失《そうしつ》で心が右往左往して大変だった。

その岬といっしょに、周は何度もハワイに行ったことがあるらしい。

旅行の話をしていると、周がやたらとハワイに詳しいことがわかり、行ったことがあるのかと訊《たず》ねたら、岬の母親の当時の彼氏がオアフ島に別荘を持っていて、夏休みや冬休みに、岬といっしょに連れていってくれたのだと教えてくれた。

隠しておくこともできるのに、ありのままを話してくれたということは、周の中で岬との時間は本当に終わってしまった過去なのだろう。

と思った端から、ふたりはハワイでの休日をどんなふうに過ごしたんだろうなどと、周に訊くこともできない、想像しても仕方のないことを、頭が勝手に考え始めてしまう。

寝返りばかりして寝つかれず、喉《のど》も渇《かわ》いたので、円は台所に水を飲みに行った。が、長い布の暖簾《のれん》の隙間から、律と周がテーブルに着いてなにか話しているのが見えた。周は煙草を吸っている。

自分が入っていったら、せっかく吸っている煙草を消してしまうのがわかっているので、このまま部屋に戻ることにした。

「エンちゃんに知られたらヤバいなぁ……」

背中に聞こえた周の言葉に、円は思わず足を止めた。振り返ってそっと中をのぞき見る。

「そんなもん時間の問題やんか。早《は》よ謝ってしまい」

律が諭《さと》すように言うと、周はため息といっしょに煙を吐き出した。

謝るってなにを？　円は思わず息を止めて耳を澄ませる。

「ばれたら、軽蔑《けいべつ》されるよなぁ……」

煙草を指にはさんだまま、周は頭を抱え込んでしまった。

「ま、尊敬はされんわな」

律は面白《おもしろ》そうに言って周の頭を小突《こづ》いたが、周はまた深刻そうな深いため息をついた。

周が秘密を持っている。

知られたらヤバいことで、ばれたら軽蔑されて、謝らなくてはいけないことってなんだろう。

それ以上ふたりの話を聞いているのがこわくなり、円は逃げるように部屋に戻っていった。

2

「なんか……空気が甘くない？」

円《まどか》の第一声に、周《しゅう》は笑顔でうなずいた。

ホノルル空港に降り立ったとたん、南国の花の香りのする空気に包まれ、寒い冬の東京から別世界にワープしたみたいだった。

母が外国の空港の中でいちばん好きだと言っていた、ホノルル空港の匂い。

暖かく乾いた風を身体で感じると、気持ちまで軽やかになり、アロハシャツを着た空港スタッフの姿とクリスマスツリーの違和感も楽しくて、自然に頬《ほお》がゆるんでしまう。

メリークリスマスは似合わないけれど、あの言葉ならぴったりだ。

ハワイ時間で二十五日の0時になったとき、乗客にリボンのついたチョコレートがプレゼントに配られ、機長がお祝いの機内アナウンスをした。そのとき、ホリデーシーズン限定のチョコレートの名が、ハワイ語のメリークリスマスを意味することを教えてくれた。

初めて体験する、恋人とふたりきりの常夏《とこなつ》の国でのクリスマス。

楽しい旅になりますように……。

円は周の顔を見上げ、習ったばかりの言葉を胸の中でつぶやいた。

Mele《メレ》 Kalikimaka!《カリキマカ!》


もしかして、旅行にいっしょに行けなくなってしまったのだろうか。

自分で考えつくなかでいちばん起きてほしくないことを想像して、心の準備をしていたが、今から数時間前に、少なくとも最悪の事態でなかったことだけははっきりした。

日本時間の十二月二十五日。車から降りると北風が頬に冷たく、成田《なりた》空港のロビーには天井に届きそうなツリーが飾られていて、クリスマス気分を盛り上げていた。

「ハワイに着いたらもう一回二十五日やから、今年はクリスマスが二回やな」

周の言葉に、円は笑顔でうなずいた。

昨日のイヴは、律《りつ》と夏目《なつめ》組《ぐみ》のアシスタントたちが仕事で忙しく、ジュースで乾杯をして出前の寿司とケーキを食べてお開きになった。みんながばたばたと仕事部屋に戻ってしまい、パーティーというよりただの夕食みたいだと周と笑いあったけれど、クリスマスに家の中に人が大勢いるだけで嬉しかった。

「クリスマスが二回だと、プレゼントもうひとつあげなきゃいけないのかな？」

成田を飛び立った飛行機の中で、円は冗談っぽく訊《き》いた。

「欲しいな……」

周は毛布を頭からかぶって、

「メリークリスマス」

と言いながらキスしてきた。

円が毛布の中で目をぱちぱちさせていると、

「しっかり眠って、おまけのクリスマスは思いっきり遊ぼ」

耳元で囁《ささや》き、今度はおやすみのキスをくれた。

ふたりでハワイなんて新婚旅行みたい。冗談で言っていたのに、周は最初からこんな調子で戸惑ってしまう。嬉《うれ》しいけれど、旅行のあいだずっとこうだったらどうしよう。

なんて、思っていたら……。

時差ボケ防止には夜の機内食を食べずに朝着くまでひたすら寝るのがいちばんだと言い、周は腕時計を現地時間に変えると、アイマスクをつけ、あっという間に眠ってしまった。

甘やかしてくれたかと思うとこんなふうで、周といるとほんとに飽きない。

機内に乗り込むと、周は円を落ち着ける窓側の席に坐《すわ》らせ、膝《ひざ》に毛布をかけてくれた。

旅慣れている母も頼りにはなったが、普通に親がしてくれるような気遣《きづか》いのない人だったので、周のなにげない心配りに、小さな子供に戻ったような気分になってしまう。いや、戻るというより、やり直している気がした。

子供の頃に満たされなかったものを、大きくなってから恋人からもらうのは不思議な気分だ。

『大人のカップルや夫婦って、よく見てると幼児がおもちゃを取りあうのと同じ気持ちでケンカしてたり、お互いの中の未熟な子供をあやしあったりしてるのよ』

母がそんなふうに言っていたことがあるけれど、こういうことなんだろうか……。

だったら、自分は周になにがしてあげられるだろう。

傷ついた少年だった周は、大人になった周の中で今なにを感じているんだろう。

円は少しずり落ちた毛布を周の肩まで引き上げ、ついでに前髪をそっと撫《な》でた。

起こしてしまうかと思ったが、熟睡しているらしく反応がない。旅行の準備をしているとき、特技はいつでもどこでも眠れることだと言っていたが本当だった。

自分はちょっとしたことで眠れなくなったり体調がおかしくなったりするから、周がセルフコントロールのできる大人でよかった。

円はほっと息をついて、周の右肩に寄りかかった。

与えてもらうばかりじゃなくて、自分も周のためになにかをしたい。

『エンちゃんに知られたらヤバいなぁ……』

周の秘密。ばれたら軽蔑《けいべつ》されると気に病《や》んでいた。

大丈夫。周のなにを知っても軽蔑なんてしないから……。今すぐ起こして、そう言ってあげたいと思った。

でも、周が自分から話してくれるまで待っていよう。

少しは大人になりたいから、子供っぽく追及したりするのは我慢する。

待ってるから、ふたりでいるあいだに話してよね。

小さな気がかりに、きっといつものように眠れないに違いないと思っていたけれど、寄りかかった左側の温《ぬく》もりが毛布のように身体を包み込み、やわらかな眠気が瞼《まぶた》の上に降りてきた。

空の上で見る夢は地上とは違うんだろうか。

そんなことを思いながら、とろとろと眠りに落ちていった。

そして、目覚めたときにはもう、白い雲の切れ目から、ハワイの島々が朝日に輝く海に浮かんでいるのが見えていた。


「気持ちいー……」

窓を開けて広々としたラナイに出ると、爽《さわ》やかな風が頬や髪をやさしく撫でてくれた。

左手にはダイヤモンドヘッド、正面にはワイキキビーチ。コンドミニアムはほとんど最上階に近く、遮《さえぎ》るもののない空と海の青がのびのびと広がっている。

白いテーブルと椅子があり、ここで朝食を食べたら最高にいい気分だろう。

「明後日《あさって》は金曜やから、こっからヒルトンの花火が見えるよ」

周が隣にやってきて、ビーチの右手を指さした。

「周がいたら、ガイドブック必要ないね」

理由を知っていてわざと言ってみたが、周は曖昧《あいまい》に笑っただけだった。

子供っぽいことをしてしまったと、ちょっと反省する。周がこだわっていないことに、わざわざこだわるのはやめよう。限られた時間は、過ぎたことや考えても仕方のないことより、今できる楽しくて大切なことのために使わなくては……。

「ロケーションは最高やけど、やっぱしホテルのほうがよかったんちゃう？　朝から食べることせなあかんの、面倒《めんどう》やろ」

「逆だよ。最近ほとんど家事やってないから、旅行のときくらいやりたいじゃん」

そう、これこそが自分にとって楽しくて大切なことだ。

「旅行やねんからのんびりしたらええのに、ほんま変わってるなぁ」

「ホテルって生活感ないんだもん。リビングもキッチンもあるし、こっちのが絶対いいよ」

「普通は生活のこと忘れるためにバカンスに来るんやけど……エンちゃんは生活愛好家やからな」

「なにそれ」

そんな愛好家、聞いたことがない。でも、たしかに自分はそうかもしれない。

夏目家の場合、住人が多いぶん、生活の匂いのするものや気配がごちゃごちゃと溢《あふ》れている。年から年じゅう人がいるのが困るときもあるけれど、呼べば誰かが応《こた》えてくれる安心感と温もりがある。

でも、母とのふたり暮らしには、煩《わずら》わしかったり散らかったりという自分以外の人間が出す雑音がないせいか、円が普通に家事をしていたのに、不思議なほど生活感がなかった。

非日常的な冒険よりも普通の生活が好きなのは、きっとそのせいだろう。

それに、一方的にサービスを受けるホテルに泊まるよりも、料理を作ったり片づけたりという日常生活を持ち込んだほうが、ふたり暮らし体験版みたいで楽しいに違いない。そう思った。

キッチンには大きな冷蔵庫があるし、トースターもコーヒーメーカーも用意されている。炊飯器はあるのになぜかごはん茶碗《ちゃわん》はなく、包丁が大きめのナイフみたいでヘンだけれど、料理をするのには困らない。

それに……。

円はちらりと周の顔を見る。

世界でいちばん好きな人とふたり。それでなにもかもオッケー。

「エンちゃん、こっち来てみ」

周がベッドルームのドアを開いて手招《てまね》きをした。

温かみのある木製の家具が置かれ、天井や壁紙、絨毯《じゅうたん》などは落ち着いたベージュとオリーブグリーンで統一されている。ベッドの上部の壁には、素朴なタッチで描いたイルカと少女の絵が飾られている。でも、真っ先に円の目に飛び込んできたのは、ハワイアンキルトのベッドカバーの掛かった、ゆったりとしたキングサイズのベッドだった。

「ベッドいっこなんだね……」

まるで夫婦の寝室のように思え、円は感じたままに頬を赤くした。

「嫌やったら、俺リビングのソファベッドで寝てもええよ」

「だめっ。そんなこと思ってないっ」

むきになって抱きつく円に、周は背中を軽く叩きながら笑った。

「わかってるよ。冗談やんか」

「わかってるなら、そういうこと言わないで」

「ごめんごめん」

今度は髪を撫でてくれる。

円は周に抱きついたまま、黙って周の背中をきつくつかんだ。

「どうしたん?」

どうしたんだろう。周しかいなくて、周だけがいて、こんなにそばにいて……なのにぎゅっとつかまえて離したくない。

独《ひと》り占《じ》めしているのに、周の中には自分の知らない周がいて……。

「怒ってもええけど、スプリンクラー作動したらヤバいから火ぃ吹いたらあかんよ」

「……うん」

周の冗談に、円は素直にうなずいた。

「そこつっこむとこやねんけどなぁ……」

周はそう言って、円の髪に唇をつけた。

ふたりきりだと周は少し人格が変わる。というより、いつもは先生だったりお兄さんだったり、役割があるからで……。

ほんとはエッチだったり、ロマンチストだったりする。

でも……。

自分も周と同じだということに気づいた。

「周……あのね」

今なら、あの恥ずかしい頼みごとができる気がする。円は少し甘えた顔で周を見上げた。

「わかってるよ……」

そう言って、周は円の言葉をすくい取るように唇をついばんだ。

が、名前を呼ぶ気配はなく、小さなキスを何度も繰り返す。

ぜんぜんわかってないじゃん。

タイミングをはずされ、言えそうだった言葉が勇気といっしょに消えていく。

学校の先生なんだから、人の話は最後まで聞きなよね。

抗議したかったけれど、なだめるような甘ったるいキスに、身体と気持ちがどうしようもなく従順になってしまう。

誰にも邪魔されない時間。裸の自分を見せても安全な場所。

なにも考えないで、周の一部になってしまいたい。

円の思いに応えるように、周の手がゆっくりと背中から腰へと降りてくる。

ふれあって気持ちがわかるなら、あのこともわかってほしい……。

そう思った瞬間、

「だ、だめっ。せっかく飛行機の中で寝てきたのに、朝から疲れちゃうじゃんっ」

周の胸を両手で押し返していた。

「俺は朝から疲れてもええんやけどな……」

怒ってはいないが、気まずそうな苦笑いを浮かべる。

周のリアクションは正しい。でも……。

『しっかり勉強しておいで』

ふいに律の顔が浮かび、玄関で見送ってくれたときの言葉が聞こえてきたのだ。

「せっかくふたりきりやのに、遠隔操作《えんかくそうさ》されたらあかんやんか」

話したら、ちょっと怒った顔になった。

「背中にリモコンでもついてるんちゃうの？」

「えっ⁉ ど、どこに⁉」

円が焦《あせ》って背中を見ると、周は笑いながら円の額をつついた。

「冗談を真に受けてくれてありがとう」

「なんだ……冗談か」

周が怒っていないとわかり、円はほっと笑顔を見せた。が、周は困惑とあきらめの混ざったような顔をした。

「そんな顔でボケられたら、つっこみようがないなぁ」

「べつにボケてないよ。ていうか、どういう意味？」

「漫才《まんざい》の相方としては問題あり、いう意味です」

問題がなくてもだめだよ。僕はもう、隼人《はやと》とお笑いコンビ組んでるんだから。

胸の中で言い、円はくすっと笑った。

「ほんとは、恋人としても問題あるって思ってるでしょ？」

悪戯《いたずら》っぽく顔を見上げる円に、周は肩をすくめて笑った。

「ご機嫌《きげん》直ったみたいやな」

「もともと機嫌いいもん」

「ほな、まずはあのでっかい空箱に食料詰め込もうか？」

「あ、そか」

なにはともあれ、冷蔵庫を満たさないと大好きな普通の生活ってやつができないのだった。

「そういえば……二十五日ってスーパーとか開いてるんだっけ？」

「あーっ、しまったっ」

「ど、どうするの!?」

また信じた？　という顔をして、周は円の前髪を引っぱった。

「アラモアナＳＣ《ショッピングセンター》とかはあかんけど、ワイキキは大丈夫や」

「もう……やめてよー」

「エンちゃんはすぐに言葉どおりに反応するから、やめられへん」

毎度毎度ハメられる自分が悪い。それに、周は意地悪でやってるわけじゃない。

「今夜なに食べたい？」

すぐに機嫌を直し、笑顔で周を見上げる。

「エンちゃん」

「なに？」

きょとんとする円に、

「い、いや……初日からいきなり晩ごはん作ってくれるん？」

周は少し顔を赤くして言った。

「一週間なんてあっという間だよ。一日一日が大切なんだから」

「That's beautiful……《素晴らしい……。》」

周は感心したように、でもちょっと笑いそうになりながらうなずいた。

「最初の夜のメインディッシュは肉じゃがでどう？」

「I'd love to!《ええなぁ！》」

周の言葉に、円はぱっと赤くなった。そして、すぐに間違いに気づき、気まずそうに目をそらす。そんな円の顔を、周が身体を傾けてのぞき込む。

「I love youって聞こえた？」

図星を指され、正直にまた赤面してしまう。

「言葉って、言うたことより思ってることのほうが伝わるねんなぁ」

「……」

機内で心配していたことは、やっぱり当たっていた。

こんなことばっか、旅行のあいだじゅう言われてたら死んじゃうかも……。

「肉じゃが作ってくれるって言うたのも、I love youやろ？」

「違うよっ。簡単だからっ」

むきになって言い返す。日本語だと絶対に口にしない言葉も、英語だと簡単に言えることがある。だからって、これは言いすぎ。

「あ、今のも I love you」

「英語の先生が、生徒にそういうこと言っちゃっていいわけ？」

円は腕組みをして周をにらんだ。

「たしかに、授業ではこのネタは使われへんなぁ」

「ネタ!?」

目を丸くする円に、周は前髪をかきあげながら苦笑いをする。

「先生……英語より、もうちょっと日本語のジョークが通じるようになっていただけませんか？」

「……」

円がむすっと黙ってしまったので、周はあわてて「うそうそ」と笑った。

「そろそろ店の開く時間やし、肉じゃがの材料買いに行きましょか？」

「うん」

円は笑顔でうなずいた。

ほんとはね……来る前から決めてたんだ。最初の夜は絶対にこれ作ってあげようって。ハワイでのクリスマスのメニューが肉じゃがなんて、ちょっと人に言えないけど……。

〝This is my style〟だもんね。

母がよく口にしていた言葉。人は人、自分は自分。これが私の生き方なの。それがゆき過ぎて困ったところの多い人だったけれど、そういう考え方ができる強さを尊敬していた。

そして、まったく同じことを岬《みさき》にも教えてもらった。

僕は僕のやり方で、周のこと大切にする。

円は周の腕をつかむと、つま先だってキスをした。

初めての……期間限定のふたり暮らし。楽しもうね。


母は好奇心が旺盛《おうせい》で、フットワークが軽く体力もあったので、旅行をすると必ずあちこちをくまなく巡《めぐ》るハードスケジュールになった。面白《おもしろ》かったけれど、円はいつもくたくたになり、帰りの飛行機の中でアスピリンのお世話になるのが恒例《こうれい》になっていた。

そのことを話して、今回は一ヵ所にゆっくりステイする旅にしてもらった。

本当の理由は体力的なことなどではなかったのだけれど、話すと周に気を遣《つか》わせてしまうかもしれないと思い黙っていた。

でも、話す必要も、そして隠す必要もなかったことが出発してすぐにわかった。

冗談を言ったりからかったりしながら、周はいつでも自分を見てくれている。気持ちがちゃんと今この場所にあるのがわかる。

そばにいる人の気持ちが自分に寄り添っていないのは、離れているよりも淋《さび》しい。そのことを、円は子供の頃に何度も体験して知っている。

母が海外旅行をする目的は、日本ではおおっぴらに会うことのできない彼氏との逢瀬《おうせ》のためだったから、その意味すらわからない幼い頃から、母の気持ちが手をつないでいる自分以外のなにかに向かっていることにうっすらと気づいていた。

どんなに素晴らしい風景を見ても、珍しくおいしいものを口にしても、そんなことよりももっと欲しいものがあって、心の底から楽しむことができなかった。

ふいにつないだ手を放し、母がひとりでどこかへ行ってしまうような気がしていたから……。

もちろん、そんなことをされたことは一度もなかったのだけれど……。

だから、なにかを見たり体験したりすることそのものよりも、大好きな人といる時間をちゃんと味わえる旅にしたいと思った。

幸い周は何度もハワイを訪《おとず》れていて、疲れない旅が希望だと告げることは簡単なことだった。

そして、その選択は正解だった。

ダイヤモンドヘッドから顔を出した朝日の眩《まぶ》しさに目覚めると、隣で周が気持ちよさそうに眠っている。起こさないようにそっとベッドを抜け出して、キッチンで朝食を作る。

しばらくすると、コーヒーの香りに誘われ、周が眠そうな顔で起きてきて、ラナイのテーブルに並べたモーニングセットを見て嬉《うれ》しそうに頰にキスをしてくれる。

家では絶対にできない朝の過ごし方だ。もちろん今までやったこともない。なのになぜか、いつもそうしていたみたいに自然にやっているのが不思議だった。

カヌーの練習やジョギングをする人々を眺《なが》めながら、朝のアラワイ運河沿いをゆっくりと散歩したり、歩いて行けるカピオラニ公園やワイキキ動物園に出かけたり……。どこへ行ってもなにをしても楽しいけれど、円のいちばんのお気に入りは、ふたりでスーパーマーケットに行くことだった。

周にカートを押させて、その横を歩きながら野菜や果物を放り込んでゆく。ただそれだけのことが嬉しくて、必要なものがなくてもつい入って買い物をしてしまう。

旅行というよりは、ただ休日をのんびり過ごしているだけみたいだったが、円には新鮮で楽しかった。

日本にいるときには、しょっちゅう顔を合わせているのに、ふたりきりで出かけることは滅《めっ》多《た》にないし、くつろぐためだけに時間を割《さ》くことなど今までなかった気がする。

そういえば、デートと名のつくようなこともほとんどしたことがないような……。

冗談っぽく周に話したら、『ほな、デートと名のつくようなことをしよう』と言って、レンタカーでドライブに連れていってくれた。

車は真っ赤なコンバーチブルで、ムスタングという名前のいかにも周の好きそうなスポーツカーだった。やけに手際《てぎわ》がいいと思ったら、日本を発《た》つ前にしっかり予約を入れていたらしい。

爽やかな風に吹かれながらハイウェイを走り、ノースショアやハナウマ・ベイ、ハロナの潮吹《しおふ》き岩など、いい意味で通俗的《つうぞくてき》なワイキキビーチとはまったくべつの、ハワイの海の雄大《ゆうだい》な素顔を眺めて回った。

でも、いちばん楽しかったのは、シーライフパークでイルカのショウを見たり、パイナップルのプランテーションでソフトクリームを食べたりという、日本ではできそうでできない普通のデートコースのほうだった。

Tシャツにジーンズ、サングラスをかけてスポーツカーを乗り回している周は、どう見ても高校の教師には見えない。

学校ではみんなの先生で、家では家族のひとり。でも、今は自分だけの恋人。

デートらしいデートをしたのも、こんなに長い時間ふたりきりでいたのも初めてで、円は一瞬一瞬を心に刻みつけるように味わっていた。

で、肝心《かんじん》の英会話の勉強はというと……。

買い物をしたりレストランに入ったときに話すだけだし、簡単な旅行会話でことが足りてしまうので、それほど会話力のアップにはなっていない気がする。

ただ、教科書に載《の》っていなくて、日本にいたら絶対にわからない意外な言葉の使い方に出会うとちょっと得した気分になれた。

母との旅では通訳がついていると思って頼っていたし、中学生になってからは、プロに下手な英語を聞かれるのがテストされているみたいで嫌で、結局母に任せきりだった。

でも、家庭教師の前でカッコをつける必要などないし、周が話す機会を与えてくれるので、しっかり勉強になる間違いも経験できた。

「Cash or charge?」と「Cash or credit?」という言い方しか知らなかったので、初日の昼に入ったレストランで、店員に『Plastic?』と訊かれてぽかんとしてしまった。

『I'll put it on plastic《カードで払います。》』

周が耳元に囁き、クレジットカードを手渡してくれた。

プラスチック製だから、カードのことをそう言うことがあるらしい。

ひとつ生きた言葉を覚えたと嬉しくなったのだが、そのおかげで、面白いというか恥ずかしい体験をしてしまった。

スーパーのレジで『Paper or plastic?』と店員に訊かれ、『お札かカードって言ってるけど、ここコインは使えないの？』と周に訊いてしまったのだ。

この場合のプラスチックはビニールのことで、店員は「紙袋にするかビニール袋にするか」と訊《たず》ねていたのだった。

『ほんまに勉強になるなぁ』

周は大ウケし、授業で話してもいいかと言った。誰の体験談かは内緒にしてほしいと頼んだら、当たり前やんかと笑ったが、「エンちゃんとハワイに行ったときに」と嬉しげに口走ってしまうに違いない。

「どうしたん？　疲れた？」

絵ハガキを選びながらため息をついたら、周が心配そうに顔をのぞき込んできた。

「冷房寒いんとちゃう？」

答えを待たずに上着を脱ごうとする周に、円は首を横に振った。

「楽しいばっかりでいいんだよね」

「え…？」

唐突《とうとつ》な円の問いに、周は怪訝《けげん》そうな顔をした。

「当たり前やん。なんで楽しかったらあかんの？」

「だって……この旅行、語学研修だから」

「語学研修？　なんですか、それ？」

「……」

円が呆気にとられて顔を見ると、周はあははと豪快に笑って円の背中をぽんと叩いた。

「どうせわからへんねんから、勉強になりました言うといたらええやん」

しょうがない先生だと思いながら、円は笑いながらうなずいた。

というわけで、その夜、円は律宛《あて》の絵ハガキに「おかげさまで、すごく勉強になっています」と書いていた。

「嘘じゃないもんね……」

ベッドで腹這《はらば》いになり、嬉々とした表情で絵ハガキを書いている円を、周は椅子の背もたれを抱《かか》えるようにして坐って眺めている。

「絵葉書の写真って、いかにもって感じのほうがいいよね……」

夕焼けのワイキキビーチとシルエットになった椰子《やし》の木、ダブルの虹のかかった広大なパイナップル畑、色とりどりの長いレイをかけたカメハメハ大王像、ロイヤルハワイアンのエキゾチックなピンクの建物……。

「……？」

周が自分を見て笑っているのに気づき、円は眉を寄せた。

「なににやにやしてんの？　絵ハガキまだあるから、周も律さんにお礼の手紙出したら？」

円の提案を、周は曖昧に笑って聞き流した。

こんなことで喜んで、どうせ子供っぽいとか思ってるんでしょ。

円は周を無視して、ふたたび絵ハガキを書く作業に戻った。が、ふいに周が後ろからかぶさってきた。円がよく猫たちにするのと同じ、体重をかけないで包み込むように……。

「うちの家族になってくれてありがとう」

周が耳元で言った。

「な、なに……いきなりどうしたの？」

「どうもせえへん。思ったこと言うてみただけや」

ぶっきらぼうなようで心のこもった周の言葉に、胸の奥がふわっと温かくなる。

「僕のほうこそ……。だから、今年は冬になるのがすごい楽しみだったんだ」

「冬……？」

「外がうんと寒いときに、うちの中に人がいっぱいいるとなんかあったかくて嬉しくない？」

「たしかに、うちは夏めっちゃ暑苦しいもんなぁ」

「……！」

そういう意味じゃないよ。円は身体をねじって怒った顔を見せた。

「Did you get the joke?《冗談やってわかってもらえました？》」

冗談なら冗談って最初に言ってよ。と言ったらまた冗談が通じないと言われるので却下。

「鍋とかも大勢でやるほうが盛り上がるしね」

気持ちを切り替えて笑顔を見せる。

「そういえば、律たちがばたばたしてて今年はまだやってへんな」

「お正月にしようよ」

「そうやな」

周は目を細め、また子供を見るような眼差《まなざ》しを円に向けた。が、今度はもう腹は立たなかった。甘ったるい気分が、ふんわりと身体を包み込んでくる。

「でね……仕事で実家に帰れないの、気の毒だなって思うんだけど……夏目組のみんなが大晦《おおみそ》日《か》やお正月に家にいてくれて、すっごい嬉しいんだ。お父さん帰ってくるけど、急に三人も人がいなくなったら淋しいもんね」

「……」

周は黙って話を聞いている。と思ったら、なぜかまじめな顔になり、いきなりきつく抱きしめてきた。手首をつかまれ、ペンが指からぽろりと落ちた。

「周……？」

「淋しくないやろ？」

「……うん」

淋しくない。いっしょにいるだけじゃなくて、周は気持ちごとそばにいてくれるから……。

家族に対する気持ちと、恋人に対する気持ち。そのどっちもを同時に感じることができる相手。不思議で、幸せで……ときどき自分がどこにいるのかわからなくなるけれど、絶対に迷子になることはない。円にとって、周はそういう場所なのだった。


「隅田川《すみだがわ》の花火大会みたいなん想像しとったら、地味に感じたんちゃう？」

ラナイからヒルトンホテルの花火を眺めながら、周が言った。

距離があるので迫力はないが、大きな音が聴こえてこないので、黒いスクリーンにホログラムの花が静かに浮かび上がってくるように見え、ロマンチックな気分になってくる。

「なんか……夏に庭でした花火思い出しちゃうな」

夜風に髪を揺らしながら、円はしみじみと言った。

「え、そこまでしょぼないやろ」

「そういう意味じゃないよ。僕、うちの花火がいちばん好きだもん。あんなきれいで楽しい花火大会ほかにないんだから」

「そらどうも……喜んでいただけて幸いです」

夏目家の花火大会の企画立案者《きかくりつあんしゃ》は、嬉しそうに鼻の頭を搔《か》いた。

大好き……。

言葉にする代わりに、円はそっと周に寄り添った。

光の花を咲かせては、夜空に溶けるように消えてゆく花火を見ていると、止めることのできない時間を意識してしまう。

冬は大勢でいるのがいちばん。周にはそう言ったものの、ここは常夏の島で、期間限定だからよけいにふたりきりの生活は特別な時間で、できれば過ぎ去っていくのを止めてしまいたい。だめならせめて、もう少しゆっくり流れてほしい。それが今の正直な気持ちだった。

そして思わず、この特別な時間が終わってしまう前に、ささやかで馬鹿馬鹿しい夢をどうしても叶《かな》えてみたくなった。

「ねぇ……外でだけじゃなく、残りは僕たちもぜんぶ英語で話して過ごさない？」

そのものずばりを周に頼むことはできない。だから……。

「俺はええけど……それってけっこうしんどいよ」

わかってる。でも、日本語で話している限りは、周が自分のことを円《まどか》と呼ぶ可能性はゼロだ。

「語学研修なんだから、しんどくていいんだよ」

円が訴えるような目で言ったので、周はちょっと考えてから笑顔でうなずいた。

「Ok, Let's just do it.《よし、やってみよ。》 Go ahead, Enchan《エンちゃんからどうぞ。》」

「……」

円の身体から、すうっと力が抜けた。

周が『Enchan』と言った瞬間、胸の奥に隠し持っていた淡い期待があっけなく消え去ってしまった。

授業のときも、出席をとってくれていたとしても、周は「Madoka」ではなく「Enchan」としか言わなかったのだ。

あんなにどきどきしていた自分が、馬鹿みたいで悔しい。

「やっぱいい。やめる。日本語でいい」

突然、意見を翻《ひるがえ》す円に、周は戸惑った顔になる。

「How come?《なんで?》」

「知らないっ」

円は周を押しのけ、ベッドルームに逃げ込んだ。

ベッドに倒れ込み、うつぶせたまま足をばたばたとさせる。が、すぐに自分の子供じみた態度が情けなくなってやめた。

『好きなやつ呼ぶのに、子供か弟呼ぶみたいで色っぽくないじゃん』

もとはといえば……隼人がヘンなこと言いだしたからだよ。

思わず八つ当たり気分になってしまう。

気持ちをかき乱してくれたお礼に、ヘンな土産を買っていってやることにする。

その程度で気がすんでしまう。ほんとは呼び方なんてどっちでもいいのかもしれない。

いちばん気になっていることから目をそらすために、気にしてるふりをしていただけで……。

なにもまとわず肌と肌を合わせると、その安心感のぶんだけなぜか、周が自分に隠していることが気になってしまう。

見ている限り、周は少しも悩んだり後ろめたそうに見えない。でも、大人というのが子供な自分とは違い、相手を守ろうとしたり傷つけまいとして、とても上手な嘘がつける生き物だということを知っているから……。

周が入ってくる気配を感じて、円は背中を固くする。

周はベッドに腰を下ろし、円の背中にそっと手のひらを置いた。

「What's eating you?《なに悩んでんの？》」

そう訊かれ、円はカッと赤くなって上半身を起こした。

「なにも食べてないよっ」

周はくすっと笑い、

「What's on your mind?」

べつの表現で言い直し、円の胸をとんと指で突いた。

「Tell me what's the matter《どうしたんか言うてみ。》」

「……」

黙っているのは意味がわからないからじゃない。こんな馬鹿みたいな話、本人にできるはずがない。

「……日本語でしゃべって」

のろのろと起き上がり、ベッドに坐り直す。

「英語で話したい言うて何分も経《た》ってへんやんか。なにがどうしたん？」

周の疑問は当然だ。馬鹿馬鹿しい気持ちの種明かしをすれば、周を安心させることができるだろう。でも、そしたら、本当に不安に思っていることをぶちまけてしまうかもしれない。

「大阪弁じゃないと、周としゃべってるって気がしないから」

すぐに見破られる適当な嘘をついた。

「そらそうやな」

「……そうだよ」

やんわりと受け止められてしまい、気持ちがくしゃくしゃする。

「あちこち連れ回しすぎて疲れた？　無理したらあかんよ」

周がほんとのこと話してくれないからだよ。そう言ってしまいたい。

でも、もしそれが周を傷つけるようなことだったり、ふたりが気まずくなるようなことだったらどうしよう。大切な時間が台無しになってしまうかもしれない。

円は、黙ってベッドカバーのキルトのハイビスカスを見つめた。

と、周がいきなり後ろから脇腹をくすぐってきた。

「あ、やっ……なにすんだよっ」

「エンちゃんにはナニワジョークが通じへんから、くすぐって笑かしてやろう思って」

「だめっ、ちゃんと笑うからっ…っ…やめてっ」

「ほな、笑ってみ」

と言われて、はいそうですかと笑えるわけがない。円は唇を噛《か》んでうつむいた。

「無理に笑うことない。おいで……」

周は円の細い腰を引き寄せ、抱きしめてくる。

周にも自分の気持ちにも抵抗するのに疲れ、円は素直に周に身体を預けた。

こんなにそばにいて、いつも大事にしてくれて……なのにもっと欲しいと思ってしまう自分がいる。

自分だって周に隠していることがあって、たとえ恋人でも家族でも、周の中に自分の知らない周がいるなんて当たり前のことなのに……。

そばにいる人のぜんぶがわからないのが、すごく淋しい。

3

「ワリビって現地語？　なににしますかって意味だよね？」

ランチを食べに入ったシーフードレストランで、円《まどか》は注文を取りに来たウェイターの言葉がわからず、忘れないうちにと彼が去ると急いで周《しゅう》に質問をした。

「What・will・be・today?　や」

「えーっ、ぜんぜん英語に聞こえなかった……」

円は脱力し、テーブルの上に突《つ》っ伏《ぷ》した。

「What'll be today?　わかったら簡単に聞き取れるやろ？」

「そうだけど……なんか自信なくなってきた」

ため息をつく円の頭を、周がぽんぽんと叩いた。

「俺も留学してるとき、ようやったよ」

ほんと？　円が顔を上げると、周は大きくうなずいた。

「岬《みさき》んちに朝迎えに行ったら、おふくろさんの彼氏がキッチンで朝メシ食ってて……俺の顔見るなり日本語で『ジジイいい?』って訊《き》くから、驚いて『No thanks! You are not my type!』とか言うて岬にめっちゃ笑われた」

「日本語じゃなかったんだね」

円が笑いそうになりながら訊くと、周は肩をすくめて笑った。

「Yeah, Give me a guess《当ててみ。》」

「彼、朝ごはん食べてたんだよね……。てことは、Did you eat yet?《もう食べた?》」

「Correct!《正解!》あの頃の俺より、エンちゃんのほうがぜんぜんイケてるやんか」

「そうかなぁ……」

円がため息をつくと、周が顎《あご》に手をかけて顔を上げさせた。

「それはさておき」

「真剣に悩んでるんだから、置いちゃわないでよ」

「いや、こっちもマジな話やねん」

円は周の顔を見た。もしかして、あのこと?

「エンちゃん驚かせることがあるんやけど、びっくりせんといてな」

「……!」

どきっとなった拍子《ひょうし》に、白いプルメリアを浮かべたガラスの器に手をぶつけ、水が少しこぼれた。

「大丈夫か？」

「大丈夫じゃないよ。驚かされたら、するなって言われてもびっくりしちゃうよ」

うろたえているのを気取《けど》られないようにしたつもりが、声がうわずってしまう。

「予告だけで、そんなびっくりした？」

焦《じ》らして楽しんでいるような周に、円はきつく眉を寄せた。

「ていうか、なにがあるの？」

「驚く顔見たいからまだ秘密や」

秘密……。周は、円の不安のもとになっているキーワードを口にした。

「教えてくれないんなら、中途半端な予告しないでよ。気になっちゃうじゃん」

円は大きなため息をつき、ふいと横を向いた。窓の向こうには、凪《な》いだ海が穏やかに横たわり、太陽の破片《かけら》をきらきらと反射させている。

「機嫌《きげん》悪いなぁ」

「え…？」

「こっち来てからずうっと、心から笑ってくれてへん気がするんやけど……」

周がじっと目の中を見つめ、思わずテーブルに視線を落とす。ガラスの中で、プルメリアの花が甘い香りを放ちながらゆらゆらと揺れている。

「だ、だって……周の冗談面白《おもしろ》くないんだもん」

「わかりました。修行し直してきます」

周はそう言って席を立った。

「どこ行くのっ⁉」

円は泣きだしそうな目をして、周の腕をつかんだ。

「その場所のこと、レディの皆さんはパウダールームいうらしいけど……」

「あ……」

「ありていに言わせてもらって、トイレ行ってきてええですか？」

苦笑いをする周に、円は泣きそうな顔のままうなずいた。

秘密という言葉は、条件反射みたいに、あの夜の律《りつ》と周の会話を思い起こさせる。

でも、さっきの周の表情はなにか楽しいことを企《たくら》んでいるみたいで、あのときの深刻そうな顔とは違う。今回のはきっと、楽しいびっくりなのだろう。

でも……このままじゃ、心のぜんぶで安心することができない。ふたりだけの時間を楽しむことができない。

楽しい話じゃなくてもいいから、早く秘密を打ち明けてほしい。

周のぜんぶを見せてほしい。

冬のハワイは雨季《うき》に当たり、雨に降られることも多いらしいが、幸いなことに天候にはずっと恵まれていた。朝や夕方に山のほうが白く煙《けむ》り、にわか雨が降っているのがわかったが、まだ一度も出先で雨に遭《あ》わずにすんでいる。

『俺、晴れ男やから』

周は当然という顔で言っていた。そんな話聞いたこともないし、口から出まかせで言っているのだと思ったが、もしかしたら本当なのかもしれない。

そう思い始めた五日目の午前中、家族や隼人《はやと》の土産を物色《ぶっしょく》しながら、ワイキキのメインストリートのカラカウア通りを歩いていたら、突然の雨に降られ、円と周はガラス張りの店に飛び込んだ。

「晴れ男なんじゃなかったの？」

円が前髪の雫《しずく》を払いながらつっこむと、「今日は臨時休業や」とけろりと言った。

この笑顔。どうしても、秘密を抱《かか》えている人の顔には見えない。円は探るように周の目を見つめたが、やはりなにも感じることはできなかった。

「あれ……この絵？」

店はアートギャラリーで、ハワイ在住のアーティストの個展が開かれていたのだが、その人はコンドミニアムの寝室に飾られているイルカと少女の絵の作者だった。

絵を眺《なが》めながら母がイルカが好きだったことを話したら、周は彼の描いたイルカの絵本を

「あやかさんにお土産」と言って買ってくれた。

周の心遣《こころづか》いが嬉《うれ》しくて、こういうものを土産にするのも素敵だと思い、ギャラリーに併設《へいせつ》されているアートグッズのショップをのぞいてみた。

「周、見て見てこれ」

それは、日本の和菓子職人がアメリカ人の折り紙アーティストとコラボレーションをした写真集だった。

「へぇ……きれいやな。和菓子って世界に誇《ほこ》れるアートやもんな。隼人にか？」

「ちゃんと喜びそうなものも買ってくけど……」

「けど？」

「周と旅行するってばれて嫌味《いやみ》言われたんだ。隼人、英語苦手だし、和菓子は見るのも嫌だって言ってたから……これは嫌がらせ用」

「可愛《かわい》い嫌がらせやな」

周が笑ったので、円は小さく首を傾ける。

「嫌がらせになってない？」

「なってるなってる」

「じゃ、これにする」

嬉しそうに写真集を胸に抱える円に、周はふわりと目を細めた。

子供っぽいことするって思われたかな……。

円が表情を伺《うかが》うようにちらっと見ると、周はガラスの向こうの空を見て「雨、上がったみたいやな」と言った。

晴れ男が営業を再開したらしい。

雨の過ぎ去った通りは少し気温が下がり、気持ちのいい風が吹いていた。

「律さんと夏目組《なつめぐみ》のみんなにはなにがいいと思う？」

隣を歩きながら、円は周を見上げた。

「ABCストアのゴザでええんちゃう？」

1ドル99セント。地元でいちばんポピュラーなコンビニエンスストアのゴザは、ビーチでの必需品《ひつじゅひん》で人気商品なのだが、使用後はほとんどの人が捨てて帰る。そんなものを土産になんてできるはずがない。

適当なことを言う周に呆れながら、円はめげずに提案をする。

「律さんたちって、Tシャツよりアロハが似合いそうだと思わない？」

「ほんまに、あいつらにはハワイの土産は必要ないから」

周は念を押すようにきっぱりと言った。本気なのか冗談なのか知らないけれど……。

「周だって旅行させてもらってるんだから、ちょっとくらい律さんに感謝したら？」

「めちゃめちゃしてるよ」

どこが？　円はじろりと周をにらんだ。

なんだかんだいって周は律に甘えている。というか、律は周に甘すぎると思う。

思わずむっとしかけて、円は思い直す。

当人同士が気にしてないいんだから、いいんだよね……。

つくづく人間関係というのは組み合わせの妙だと思う。

洋服や絵の色と同じで、いい色とか悪い色があるんじゃなくて、隣り合わせた色とのバランスできれいに見えたり素敵に思えたりするだけだ。

自分の色はきっと変えられないから、せめて周の隣にいて似合う色であってほしい。

「エンちゃん、見てみ」

周が空を指さしたので、円は顔を上げた。

「わぁ……きれー」

冬は虹の季節だと聞いていたけれど、晴れ男がいっしょにいるから見られないかと思っていた。

「晴れ男が臨時休業してくれてよかったぁ……」

円は思わず小さなため息を洩《も》らした。

「エンちゃんのジョークは悪意がなくてええなぁ」

「え、今の冗談じゃないよ」

円がまじめな顔で答えると、

「それは失礼しました」

周は声をあげて笑い、つられるように円も笑ってしまった。

ふたりの上には大きな虹がいて、まるで街を両腕で抱きしめているように見えた。


サンタクロースに似合うのは、やっぱモミの木だよね……。

オープンテラスのパラソルの下で、テーブルに頬《ほお》づえをつき、円は胸の中でつぶやいていた。

二十五日を過ぎるといきなり撤収《てっしゅう》されてしまう日本と違い、ホリデーシーズンが明けるまではクリスマスのイルミネーションやディスプレイがそのままになっている。青々とした芝生《しばふ》の中にイルカに乗ったサンタクロースがいたり、ライトを巻きつけられた椰子《やし》の木が暖かい風に揺れていたり、寒い季節にクリスマスを迎える日本人から見ると、なんともミスマッチな光景が展開されている。

「相席させてもらってええですか？」

セルフサービスのローカルフードの店で、周に席を取っているように言われて待っていたら、

後ろからいきなり声をかけられた。

「は、はいっ。どうぞっ」

大阪弁だったのでつい、条件反射みたいにイエスと言ってしまったのだが……。

「アブナイなー。そんな簡単にナンパされたらあかんやん」

派手《はで》なパイナップル柄のアロハを着た男が、サングラスを取りながら言った。

「り、律さんっ!?」

「俺だけとちゃうよ」

「エンちゃん、アロハ〜」

「うわっっ」

円は、椅子からずり落ちそうになった。

ぞろりと目の前に現れた棚橋《たなはし》、添田《そえだ》、堀江《ほりえ》の三人も、律と同じように椰子の木やトロピカルフルーツ模様の派手なアロハを着、サングラスをかけている。

「それ、どういうリアクション?」

夏目組の三人に同時に訊かれ、円は椅子に坐《すわ》り直しながら言い訳をする。

「な、なんかいつもと雰囲気が違うから……」

ていうか、ファンキーなギャングみたい。

「似合ってるやろ?」

律は椅子に坐りながら、サングラスを胸のポケットに入れた。

「う、うんっ。絶対に似合うと思ってた。だから、お土産にアロハ買ってこうって…」

「買《こ》うてしもたから、俺らには土産はいらんからな」

周がゴザでいいとか、ハワイのものを買っていく必要はないと言っていた理由がわかった。

円は納得し、笑いながらうなずいた。

「でも、周が言ってた驚かせることってこれだったんだね。なにかと思った」

仕事が終わったら来る予定だったのなら、そう言ってくれればいいのに……。

周ってば、人をはらはらさせて……。

「あ、驚く顔見そびれた」

周が、ウェイターのように両手で料理とドリンクをのせたトレイを掲《かか》げて戻ってきた。

皿やグラスの数からして、律たちとここで落ちあう約束ができていたのだろう。

「これ、どういうこと？」

円がじろりと周を見上げると、

「先生、俺らが言うたとおりお邪魔やったんちゃいます？」

棚橋が、細い目の両端を下げながら焦《あせ》った顔で言った。

「えっ…ど、どういう意味っ…」

「語学研修やから、いう意味やけど？」

律が当然という顔で答えたので、円は焦った顔のまま小さく息をついた。

「や…やっぱ旅行は団体旅行だよね」

思わず言ってしまってから、ちらりと周の顔色を伺う。周はドリンクのボトルを配りながら、満足げな顔で大きくうなずいた。周がオッケーなら僕もオッケー。円はにこっと微笑《ほほえ》んだ。

「エンちゃんのいつもの笑顔が出たところで、乾杯しよか」

律が言い、周は大きめのカクテルグラスに入った、レモンとミントの葉を飾ったカキ氷のような飲み物を円の前に差し出した。

「エンちゃんにはフローズンレモネード」

「わ、スムージーみたい。おいしそ……あれ？　これなに？」

円は、周が配ったボトルの青いラベルを指さした。

「さすがエンちゃん。これに気づくとはお目が高い。GECKO《ゲッコ》いうて、ヤモリはハワイでは幸運のシンボルやねんよ。名前も姿も可愛いやろ？」

可愛くないよ。嬉々としてヤモリの話を始める周に、円はきゅっと眉を寄せた。

「ヤモリの話じゃなくて、これってビールじゃないの？」

「コナ・ビールや。地元の食いもんには、やっぱ地ビールが合うからな。エンちゃん、ロコモコ初めてやろ？」

周はご機嫌でグラスにビールを注ぎ始めた。

ハワイの代表的なローカルフードのロコモコは、白いごはんの上に焼いたハンバーグパテをのせ、上からグレイビーソースをかけて目玉焼きを添えた料理で、円には初体験の味だ。

「ていうか、僕がいっしょにいるときはお酒飲まないいんじゃなかったの？」

円がつっこみを入れると、

「すぐにうやむやに解禁になる言うたやろ？」

添田が太い眉をひょいと上げた。

「まぁ、そういうことやな。国外やし、治外法権ちゅうことで」

よくわからない言い訳をする律に、円はくすっと笑った。

「でも、ほっとした。僕が二十歳《はたち》になるのってだいぶ先だもん。クリスマスもみんなジュース飲んでたし、もうすぐお正月だし……僕がいっしょにいてもお酒飲んでくれるようになってよかった」

円の笑顔を確認し、周は「Here's a toast to everyone's good health! Cheers!」と言ってビールのグラスを掲げた。

「エンちゃん、通訳通訳」

律に言われ、円はグラスを持ってうなずいた。

「みんなの健康を祈って、乾杯！」

驚かせることがあるなんて、なにを言いだすのかと怯《おび》えていたが、語学研修に家族旅行というオプション……いや、プレゼントがついていたのだ。

もう少しふたりきりでいたかった気もするけれど……。この安心感はなにものにも代えがたい。やっぱり自分は、大勢の中にいるほうが体質に合っているらしい。

「あ、そうや。俺らもおんなじコンドミニアムに部屋とったんやけど、キャンセルで最上階のめっちゃ眺めのいい部屋が空いてたんや。海も見えるし、山側の夜景も見えるねんよ」

「ペントハウス!? あとで見に行っていい？」

「見るだけやなくて、もったいないから部屋代わってくれへんかな」

もったいないって……？ 円はストローをくわえながら、不思議そうに律を見た。

「俺ら仕事するだけで、景色なんか眺めてる暇ないから」

「……」

円は、口からストローをぽろっと落とした。

「仕事するのっ!?」

「飛行機の中で寝だめしてきたから、午後から終わるまで不眠不休でやるよ」

「ぜんぜん観光とかしないで？」

「今回の目的は果たしたし、買い物もチェックインの前にすませたし……原稿あげたら、つぎの仕事もあるし、明後日《あさって》おんなじ便で帰るよ」

「目的果たしたってなに？ まさかみんなでビール飲むことじゃないよね？」

訴えるような円の表情に、律と夏目組の面々は不思議そうな顔をした。

「周から電話かかってきて、エンちゃんがホームシックで元気ない言うから、あわてて飛んできたんやけど…」

「えーっっ!?」

円が大声を出したので、

「なんや、違うんか?」

律が怪訝《けげん》そうに周を見、周は目を見開いて円の顔を見た。

「ち、違わないよ。けど、だからって仕事があるのに電話したら来ちゃうなんて……」

円《まどか》と呼んでもらえずに拗《す》ねていたり、周が秘密を打ち明けてくれないのを気にしていたのを、ホームシックにかかっていると勘違いしたらしい。

でも、律たちはもう、自分のためにここに来てしまっている。今さらホームシックじゃないなんて絶対に言えない。

「びっくりしたけど……みんなの顔見たら一発で完治したみたい」

円は得意の小さなガッツポーズをした。

「そらよかった」

律が笑顔でうなずくと、夏目組の面々もうんうんと首を縦に振った。

鷹揚《おうよう》な律と忠実なアシスタントたちに笑顔を見せながら、申し訳ないやら情けないやらで頭の中がぐるぐるしている。

周が二十万円もするトカゲを律のカードで勝手に買ってきたときも『しゃあないやっちゃな』で終わりだったけれど、今回も『そらよかった』ですませてしまっていいんだろうか……。

「あ、そうだ。僕にもなにか手伝わせて。みんなが仕事してるのに、僕たちだけ遊んでられないもん」

「なに言うてんの。どこでやろうとこれは俺らの仕事やし、エンちゃんがここに来た目的は英語の勉強やろ。お互いやることやらな意味ないやんか」

律に諭《さと》すように言われ、円は納得のいかない顔のままうなずいた。

律は価値観が浮世離れしていたり、日常生活の中でできないことが多い人だが、けしてふわふわしているわけではなく、こうと決めたことは絶対にやるし、漫画も遅れることはあっても原稿を落としたことは一度もない。なので、きっぱりと言われると反論できない。

「元気になったんやったら、思いっきり勉強しといで」

心からそう言ってくれているのがわかる。律の笑顔に、今度は素直にうなずいた。

「ちゃんと勉強せな、絵ハガキに書いたこと嘘になってしまうもんなぁ」

とんでもないことをしでかしたくせに、調子のいいことを言う。能天気《のうてんき》な周にむっとしそうになったが……。

「モコモコなんてけったいな名前やけど、このとろっとしたタレがうまいな」

「先生、ロコモコです」

「ハワイにも日本の丼《どんぶり》みたいなもんがあるとはな」

「こっちの日本人が考えたんですかね。ショーユチキンとか、まんま日本語やし」

「ショーユは世界共通語やんか」

「え、ソイソースいうんちゃうの？」

トレイに敷かれていたイラストと日本語入りのメニューを見ながら、初めて口にする食べ物の話で盛り上がっているハワイアンな夏目組の面々に、思わず笑いそうになる。

「ジュースばっかり飲んでんと、エンちゃんも食べてみ。けっこういけるよ。ハンバーグ丼も狐《きつね》のしっぽのスープも」

ハンバーグ丼ってぴったりかも。ストローをくわえたまま、円は笑顔でうなずいた。

「あれ？　律さん、今なんのしっぽって言った？」

「先生、フォックス・テイルやなくてオックス・テイルですよ」

「なんや、牛のしっぽか。普通やな」

「牛!?　俺、鶏《にわとり》のしっぽかと思ってた」

「アホ、鶏にしっぽなんかないやんか」

「ありますよ。先生、いつも焼き鳥屋で食べてますやん」

「え、そやったっけ？　ちうか、狐のしっぽって食えるんか？」

律が訊くと、夏目組の三人が同時に「うーん」と同時に考え込んでしまったので、円は堪《こら》え切《き》れずに吹き出した。

衣装は派手になっているが、夏目家の食卓がそのままハワイに移動してきてしまった。断じてホームシックなどではなかったが、律と夏目組の三人が現れたとたん、沈んでいた気持ちが元気になったのは事実だし、なによりも周が心配してくれていたのが嬉しかったから、律たちにはもちろん、周にも本当のことは言わないでおこうと思う。

しっぽのスープはちょっとこわかったけれど、初めて口にする料理はどれもおいしく、数日ぶりに大勢でテーブルを囲《かこ》む食事を円は心から楽しんだ。

「ほな、行こか？　英語の勉強しに」

どこまでも調子のいい周に呆れながら、ひとまず従うしかない。

でも、今回の暴挙に対しては、感謝とはべつにひとこと言っておかなくては……。

「あ、晩メシ食べて帰ったらあかんよ。今夜は堀んちの親父さん直伝《じきでん》の鍋やるからな」

「ほんと!?　けど……キッチンに土鍋《どなべ》なかったよね？」

円は、確かめるように周の顔を見た。

「コンドにはないやろ。ハワイまで来て、誰が鍋囲むっちゅうねん」

周は肩をすくめ、呆れたように律の顔を見た。

「おまえもそのひとりじゃ」

律はにやりと笑い、堀江が大きくうなずいた。

「日本から持ってきたの!?」

「エンちゃんがみんなで鍋やるの楽しみにしてるいうの聞いてたから、これははずされへん思ってな」

「……!」

驚いて周の顔を見ると、申し訳なさそうに笑いながら頭に手をやった。

「言うたけど、ハワイで鍋やることないやろ。正月にって……あ、あれ？　どうしたん!?」

突然、円の目からぽろぽろと涙がこぼれ落ちた。

「な…なんで泣くの？　この話、内緒やったん？」

周が心配そうに顔をのぞき込み、円は手のひらで頬を拭《ぬぐ》いながら首を横に振った。

「律さん、みんな……ありがとう」

そう言うのが精一杯だった。

嬉しいというよりも、心の底からほっとして、みっともないと思ったけれど、涙を止めることができなかった。

「すごい、きれー、人がいないー」

椰子の木陰《こかげ》から飛び出し、白い砂の上にスニーカーを脱ぎ捨てると、円は両手を広げて潮風《しおかぜ》を思いっきり胸に吸い込んだ。

「最高にいい気分……」

周が車で連れてきてくれたのは、観光客がほとんど訪れない穴場のビーチだった。

「ほんま、ええことすると気分ええなぁ……」

隣にやってきて、周も両手を広げて深呼吸をする。

「よくそういうこと言えるねっ」

「あれ、律たちには感謝しとったのに、俺にはなんで？」

ご機嫌だった円が急に怒りだしたので、周は困ったように眉を傾けた。

運転中に心を乱すのは事故のもとなので我慢していただけで、急に腹を立てたのではなく、ほんとはずっと怒っていたのだ。

「あんな忙しい人たち、こんなことで外国に呼び出すなんて、信じられないっ」

「こんなこととちゃうやろ？」

「……」

「沈んでる恋人に笑ってもらうためやったら、手段は選ばへんねん」

嬉しい。でも、ここで喜んでしまうわけにはいかない。

「選びなよ。大人なんだから」

円は、周の足元の砂を蹴《け》った。

「すんません」

周が笑いながら謝ったので、円はふっと小さく肩で息をついた。

「でも、僕が悪いんだよね。旅行でちょこっと家離れただけで、ホームシックと間違えられるなんて…」

「えっ、ホームシックやなかったん⁉」

「あっ…」

あわてて口を押さえたが、思いっきりしまったという顔になっていた。

「だってそのためにみんなで来てくれたのに、違うなんて言えないじゃん」

これ以上ごまかしようもなく、円は正直に言った。

「言いにくそうにしてたから、俺とふたりきりで淋《さみ》しいんかと思ったんや」

「……」

円は一瞬呆気《あっけ》にとられ、また周の足元の砂を蹴った。

「そんなわけないじゃんっ」

「冬は大勢のほうがあったかいとか、うちでする花火が好きとか……わざわざ聞かせるから、てっきり……」

「わざわざじゃなくて、話のついでになにげなくだよっ。周がいちばんわかってるでしょ。僕がどんなに周とふたりきりの旅行楽しみにしてたか」

「……そう言われたらそうやな」

「そうだよっ」

円が噛《か》みつくと、周はへらっと笑い、それから急にまじめな顔になった。

「ほな、さっそく日本に強制送還《きょうせいそうかん》しよ」

「だめっっ」

円は周の腕にしがみついた。

「冗談に決まってるやろ」

ほっと手をゆるめる円に、周は力の抜けた苦笑いを浮かべた。

「けど……そしたら、なんで元気なかったん？」

円《まどか》と呼んでくれないからちょっと拗ねてた。なんて、恥ずかしくて言えないし、周が秘密を持ってるからだと、今ここで自分が言ってしまっていいものなのか……。

「……もういいんだ」

「ようない。言うてみ」

「いいってば」

「あかんっ」

少し怒った顔で言われ、円はキッと周をにらんだ。

「周のほうこそ、僕に隠してることあるくせにっ」

「え…？」

周の表情が止まった。一度口から出た言葉は、もとに戻すことができない。

円はあきらめて、夜中に律と話しているのを偶然聞いてしまったことを告白した。

「それでか……。そら俺が悪かったな」

「……」

「ごめんな」

泣きそうになり、円は黙って足元の砂を見つめた。寄せては返す波の音が、周の言葉といっしょにぎざぎざしていた心をやさしく撫《な》でてゆく。

「どうせばれることやねんけど……エンちゃんがっかりさせることやし、軽蔑《けいべつ》されるやろうし……旅行前にはどうしても言われへんかったんや」

「聞くとがっかりして、軽蔑したくなるようなことって……なに？」

不安そうに瞳を揺らす円に、周は前髪をかきあげながら苦笑する。

「一応、爬虫《はちゅう》類《るい》研究会におった人間としてはちょっとな……」

「へ…？」

「エンちゃん、アオコに子供が生まれるん楽しみにしとったやろ？」

「う……」

円は言葉に詰まり、それからあわててうなずいた。

「アオコ……子供は生まれへんねん」

瞳を曇《くも》らせる周に、胸がどきんとなる。

「病気……なの？」

「めっちゃ健康なオスやってん」

「は…？」

一瞬、言われた意味が呑《の》み込《こ》めなかった。

健康なオスってことは、病気じゃなくて……。じゃなくて、メスじゃないってことで……。

「アオコは男の子だったってこと⁉」

気まずそうにうなずく周を見て、円は砂の上にかくんと膝《ひざ》をついた。

そんなことだったなんて……。

でもすぐに、周が言いたくなかった理由も気持ちもわかり、心の底からほっとした。と同時に、身体じゅうから力が抜けてしまった。

「ほんま、ごめんな」

周が、隣に坐って頭を撫でてくれる。

円は首を横に振った。あんなに子供が生まれるのを楽しみにしていたのだから、恥ずかしいとか軽蔑されるとかよりも、周はきっとがっかりしているはずだ。

「謝らないで。僕だって、アオコは絶対女の子だと思ってたもん」

「そうやろ？　美人やし、仕種《しぐさ》とかめっちゃ女っぽいよなぁ」

と同意を求められても、どこが美人でなにが女っぽいのかわからない。でも……。

へたり込んだまま、円はこくこくとうなずいた。

周の解説、というか言い訳によると、アースブルー・ドラゴンは性別を識別するのがすごく難しい種類で、周にアオコを分けてくれた圭子《けいこ》ですら間違えることがあるらしい。二歳くらいになると繁殖《はんしょく》可能になり、同性同士の成体はケンカをするようになるが、それを繁殖期のオスとメスのとる行動と区別するのがまた難しく、てっきりカップルになったものと早とちりしたのだという。

「面目《めんぼく》ない。がっかりしたやろ？」

「アオコが元気ならいいよ。お嫁さんもらえばいいんだし」

思わず言ってしまってから、しまったと思ったが遅かった。

「お年玉代わりに、嫁さん二匹、律に買わせるか」

「ええ〜っ」

円の狼狽《ろうばい》した声に周はくすっと笑い、「オスは単体で飼ってもメスみたいに病気にならへんから、オスのカップルでええことにしよ」と言った。

冗談だったらしい。とりあえず。でも、周はそうと決めると、冗談みたいなことを平然と実行に移してしまうから油断はできない。

「ああ、すっきりした」

すくっと立ち上がると、周は大きく伸びをした。

「僕も」

円が周の真似をし、ふたりで顔を見あわせて笑う。

わかってしまえば、こんなことなのに……こんなことのせいで、お互いにとんでもない勘違いをしてしまった。

実害を被《こうむ》ったのは、周でも自分でもなく、律と夏目組の三人だったのだけれど……。

「こうなったら、アオコに名前つけ直さなあかんな」

「いいよ、このままで。このままにして」

円が必死な目で頼んだので、周は少し驚いた顔をした。

「ずっとアオコって呼んでたんだもん。アオコだって違う名前で呼ばれたら、自分が呼ばれてることとわかんないかもしれないし……アオコは僕の中ではもうアオコになっちゃってるもん。て、ヘンな日本語……意味わかんないよね」

円の不器用な言葉に、周はふっと目を細めた。

「ようわかるよ。ありがとう」

円は目の下を赤くしてうなずき、きらきらと光りながら寄せてくる波を見つめた。

「僕もきっと……大人になっても、周にエンちゃんって呼ばれつづけるんだよね」

「え…?」

「あ、えと、それでいいんだ。このあだ名好きだし……」

ごまかそうとして、ばればれな言い訳になってしまった。

「なんか暑くなっちゃった」

円はあわてて椰子の木陰に逃げ込んだ。

が、追ってきた周に腕をつかまれる。

「ちうことで……そろそろ英会話のレッスン始めよか?」

にやりと笑うと、周は両手を円の腰に添えてきた。

「ど、どうしたの急に……?」

気づいたはずなのに、関係のないことを言いだす周に円は目を瞬《またた》かせた。

「エンちゃんが拗ねてた理由」

円はカッと赤くなる。やっぱりばれてる。

「ち、ちがっ……それはほんとにもう…」

「Open your textbook」

なに言ってんの? 円は周の顔を見て小さく吹き出した。

「お、冗談が通じた」

「このくらいの英語わかるよ」

円が笑顔のまま拗ねてみせると、周はふわりと微笑んで耳元に口を寄せてきた。

「I have a crush on you……Madoka」

きゅんと胸が音をたてそうになった。初めて円《まどか》と呼んでくれた。

想像してたより、くすぐったくて恥ずかしくて……嬉しい。

でも……。

「ごめん……意味わかんない」

円は泣きそうな目で周を見上げた。

「先生が教えてあげるから、心配ないよ……」

周は円の身体を引き寄せ、ゆっくりと口づけてきた。

キスは話すよりもっとなにかを伝えられる。好きという気持ちが、風や水みたいに自然に身体に流れ込んでくる。

「わかった？」

抱きしめたまま、周は円の額《ひたい》に自分の額をつけて訊いた。

気持ちは伝わったけど、言葉でも聞きたい。円は少し息を切らしながら首を横に振った。

「訳してほしい？」

小さくうなずくと、周が円の羽織《はお》っているパーカにそっと手をかけてきた。

円はびくっとし、周の手を押さえた。

「どうしたん？」

「えと……ちょっと質問していい？」

周は楽しくて仕方ないという顔で、「授業中の質問は遠慮なく」と言った。

「ハワイのビーチってお酒とか煙草、禁止なんだよね……」

そこまで言って、円は赤くなってうつむいた。

「エッチは禁止されてへんかったと思うけどなぁ……」

へらっと言う周に、円はうつむいたままパーカのボタンをいじった。

「逮捕されても、俺は気にせえへんけど……」

「僕は……」

「気にする？」

周の手が、ボタンを弄《もてあそ》んでいる円の指にふれた。ひとつしかない答えを促《うなが》すように、長い指が手の甲をなぞり、そのまま手首をつかんだ。

「今日は……しない」

円がおずおずと答えると、

「そのしないはどっちの意味？　気にしない？　エッチしない？」

わかっているくせに周がからかってくる。

「エッチしないっ」

円は手を振りほどき、きっぱりと言った。そして、呆気にとられている周を見上げ、

「Did you get the joke?」

習ったばかりの言葉を使ってみた。

「You did a terrific job《たいへんよくできました。》……」

周は参ったという顔をし、思いっきり抱きしめてくれた。


「わぁ……うちの朝ごはんだ」

電話で呼び出され、もともと自分たちのだった律たちの部屋へ行くと、原稿があがったらしく、最後の朝食は円に代わって堀江が作ってくれたのだという。

「すごーい。お茶碗《ちゃわん》もお椀《わん》もないのに、堀ちゃんが盛りつけたら立派な和定食になってる」

ラナイのテーブルを見て、円は瞳を輝かせた。

「うーん……板前つきツアーとは贅沢《ぜいたく》やな」

周も腕を組んでしみじみと言った。

「こんなん贅沢いうんですか？」

「外国で家と同じって、すごいことだよ。ね？」

同意を求められて首をひねっている堀江に、周がつぶやくように言った。

「いつもどおりっちゅう贅沢もあるってことやな」

「ようわからんけど、喜んでもらえて嬉しいっす」

家から持ってきた円の母のエプロンをして、堀江は照れくさそうに頭を掻《か》いた。

「あかん……寝たいけど、食べる〜」

堀江の味噌汁《みそしる》の香りにつられ、律がリビングの床からゾンビのように起き上がってきた。

ずっと細かい作業をつづけていた棚橋と添田は、脱ぎ捨てられた服みたいに、床で折り重なって爆睡している。

円は、思わず口元に笑みを浮かべた。あの派手なアロハシャツを着て仕事をしているのかと思ったら、律は家と同じジャージを着ている。

「律さん、お仕事お疲れさま」

「こっちこそ、エンちゃんの差し入れうまかった。ありがとう」

集中したいからと仕事中はここへの立ち入りを禁止にされてしまったのだが、気を遣《つか》わせないためなのがわかっていたので、円はサンドイッチやおにぎりを作り、堀江に部屋まで取りに来てもらっていたのだった。

「チェックアウトまで少し時間あるけど、どこか行く？」

「朝メシ食ったら、帰るまで寝るわ」

だよね……。二日完徹で仕事したあとにしたいことなんて、それ以外にないよね。

律と夏目組の面々は、文字どおり缶詰になるためにだけハワイに来たようなものだ。なのに誰ひとり文句を言わず、嫌な顔ひとつせずに普通のことみたいに受け入れてしまっている。

でも、だから、ごめんなさいと謝るのはやめた。きっと叱《しか》られるし、誰も喜んではくれないだろうから……。

「いつもの……ちゃんと持ってきてたんだね」

律のジャージについたスクリーントーンの切れ端を取りながら、円はくすっと笑った。

「これは俺の戦闘服やからな」

きっぱりと言い切る律に、

「カッコいい……」

円は尊敬の眼差《まなざ》しを向けた。

「そお?」

「うんっ。仕事してるときの律さんって、ほんといつもカッコいいって思う」

「これのどこがカッコええの?」

周が横から茶々を入れてくる。

「妬《や》いてるから、こっちのお兄ちゃんにもカッコええよって言ってやって」

「……」

「思ってへんことは言われへんか」

円が大きくうなずくと、周はにっと白い歯を見せた。

「心から思ってるから、口では簡単に言われへんねんなぁ」

「……！」

正直に赤面してしまい、円は意味もなく辺りを見回した。

「え、えと……わっっ⁉」

突然ベッドルームのドアが開いて、見知らぬ男が飛び出してきた。と思ったら、

「先生お疲れさまでしたっ。玉稿《ぎょっこう》いただいて参りますっ」

「の、野島《のじま》さんっ⁉」

思わず声が裏返ってしまった。

常夏《とこなつ》のリゾートに不似合いな、よれよれのワイシャツにグレーのズボンを穿《は》いたその男は、少年ジャンクの夏目リツの担当編集者だった。原稿ができあがりしだい飛行機に飛び乗って持ち帰るために、昨日から来てスタンバイしていたらしい。

「ども、お邪魔しましたっ。ちうことで、取り急ぎ用件のみで失礼しますっ」

野島は背広とボストンバッグを片手に、会社の名前の入った紙袋をしっかりと胸に抱え、あたふたと出ていった。

突然目の前に展開された非常識な日常風景に、しばし呆気にとられていた円だったが、急に可笑《おか》しさがこみあげてきて笑いだしてしまった。

「なんか、律さんたちって本人が漫画みたい……」

「ほんま……ようやるわ」

隣で周がうなずいているのを見て、

「誰がやらせたんだよっ」

円は周を肘でつついた。

人が寝てるあいだに怪獣《かいじゅう》パジャマを着せたり、ベッドにぬいぐるみを山ほど仕込んだり……。周のプレゼントは、いつも悪戯《いたずら》や悪ふざけと紙一重だ。

でも、有無を言わせないストレートなやさしさが溢れていて怒れない。思わず笑ってしまい、それからじわっと胸が熱くなる。

それは周自身とよく似てる。からかったりふざけたりしながら、いつも大きな心で抱きとめてくれている。街を包み込むように架《か》かっていた大きな虹のように……。

円はちらっと周を見上げ、後ろ手にそっと周の手を握った。そして、

「大好き」

と胸の中でだけつぶやいた。

心から思ってるから、口では簡単に言われへん。そう言ったのは、周だからね……。

4

日付変更線のおかげで行きはクリスマスが二回になったけれど、帰りは逆に一日失うことを、成田《なりた》空港で新年を祝う樽酒《たるざけ》が振る舞われているのを見るまですっかり忘れていた。

律《りつ》たちがハワイに大移動してきたときに、正月休みで二十八日に大阪から戻っている父の存在に気づくべきだったのに……。電話一本かけずに遊びほうけて、いや語学研修にいそしんでしまった。

『みんなハワイに行っちゃって、お父さん猫とトカゲと年越ししたんだよね』

律に訴《うった》えるように言うと、

『ほんま、エサ係がおってくれて助かったわ』

円《まどか》とはまったく違う観点で父の置かれた状況を語り、わははと豪快に笑っていた。

いっしょに笑いたかったが、呑気《のんき》に父への土産を選んでいた能天気《のうてんき》な自分が申し訳なくて、どんな顔をして会えばいいのかわからなかった。

けれど、久々に再会した父の最初のひと言が『誰か芸能人に会えたか?』だったので、円はこれが自分の家族で、自分もこのままでいいのかもしれないと納得してしまった。

そして、周《しゅう》が円の名前を呼ぶことは、あのとき以来一度もない。

波の音を聞きながら、砂の上で抱きあい、何度もキスをした。そのときだけ、特別に使った呼び方だから、封印したように口にしないのは、ふたりきりの秘密を共有しているみたいで嬉《うれ》しかった。

『心から思ってるから、口では簡単に言われへん』

周はそんなことを言っていた。冗談めかしていたけれど、あれはたぶん本心で、もしかしたら、円のクラスでは出席をとるのを省略したり、とっても円を飛ばしたりしたのも、そんな意味があったのかもしれない。

名前を呼びながら囁《ささや》いてくれたあの言葉も、周は結局訳してくれなかった。

家に戻って調べたら、日本語ではちょっと言えない、聞かされたほうも赤面しそうなセリフだった。ふだん使っていない名前を呼ぶことも、それに近い恥ずかしさがある。

それに……。

どきどきはときどきがいい。日常は安心がいちばんいい。

三学期最初のホームルームに遅刻しそうになり、白い息を吐いてグラウンドを走ってくる生徒たちを眺《なが》めながら、窓際の席で円はふっとけだるいため息をついた。

「おはよう、エンちゃん。ハワイから年賀状《ラブレター》、サンキュ」

「おは……えっ？」

エンちゃんと声をかけてきたのが隼人《はやと》だと気づき、

「な、なんだよ……急に」

円は真っ赤になって隼人をにらんだ。

「やっぱりな」

「な、なにが……っ……」

「円、コーチに名前呼んでもらいたがってたじゃん」

「もらいたがってなんか…」

「わかってるから、言い訳しなくていいよ」

さらりといなされ、言葉が出ない。あきらめて、とりあえず話を聞く。

「相手が誰だとしても、いつもと違う呼び方されるとどきっとするし、照れくさくて赤くなったりするもんなんだよな」

「なにが言いたいんだよ」

円が少し怒った顔になると、隼人は席に着きながらにやりと笑った。

「たとえコーチにだって、しょっちゅう円《まどか》って呼ばれてたら、そのうちどきどきなんてしなくなるってこと」

わかってるよ。なんでわざわざそんな話聞かせるんだって訊《き》いてるんだろ。

新学期早々、人の夢を破壊しにかかる隼人に、

「そういうやなこと言うやつには、これっ」

円はギャラリーで買った写真集を隼人に押しつけた。

「え、すげー。サンキュー」

目を輝かせて中を開いてみる隼人に、円はきょとんとなる。

「嬉しいの？　和菓子なんか見るのもやだって…」

「身内の悪口はノロケと同じなんだよ。うちの愚妻《ぐさい》がって旦那が言うのって、愛妻の意味だろ？」

「……」

「シラタマたちの名前つけたのも、姉貴じゃなくて俺だったりして」

隼人は、してやったりという顔で円を見た。

そういえば隼人の家に行ったとき、出された義兄の和菓子を、隼人は円といっしょにうまそうに食べていた。しかも、二個。

「円は言葉を言葉どおりにとりすぎなんだよ。通訳って、ただ訳せばいいってもんじゃないんだろ？　ハワイで英語の勉強もいいけど、も少し日本語のニュアンスとか裏の意味っての感じ取る訓練したほうがいいんじゃねーの？」

思いっきり皮肉をこめて言われてしまった。

「感じ悪いから、本命のお土産あげるのやめよっかな」

と言いつつ、円はもうひとつの紙袋を隼人に差し出した。

隼人は、なんだろうという顔で袋をのぞき込んだ。

「わ、スタバのタンブラーのハワイバージョン!?　四つもゲットできたんだ」

新作が出るとすかさず買っているのを知っていたので、喜ぶとは思ったけれど、おもちゃをもらった子供みたいなリアクションに、円は苦笑いしながら肩をすくめた。

でも、隼人は鋭い。

さっきの指摘……ちょっと焦《あせ》った。


「いくら英語の勉強しても、性格に問題があったら通訳ってなれないと思わない？」

今日から再開した家庭教師の時間に、なにげなく周に訊いてみた。

「まだそんなこと言うてんの？　なるって決めたんやろ」

「だって、隼人には言葉に鈍感《どんかん》だって言われるし、周だって旅行中に何回も冗談が通じないって言ってたじゃん」

「Never mind. That's what's great about you《大丈夫。それが君のええとこです。》」

訊き方がまずかったのか、見当違いの答えが返ってきた。

「慰《なぐさ》めたり励《はげ》ましたりしてほしいんじゃないよ。まじめな進路の相談なんだから」

「俺なりにまじめに答えたつもりやけど？」

周は腕組みをし、不満そうな顔をした。

「どんな正確に訳しても、聞いた相手が勝手な解釈することもあるし、聞き落としたりすることもあるし……だいたい、言葉のコミュニケーションなんか半分以上は勘違いやんか」

「そんなぁ……」

真理ではあるが、それでは身も蓋《ふた》もない。

ていうか、英語の教師がそういう発言していいわけ？　円がペンをいじりながら納得のいかない顔をしていると、

「俺が思うに……」

「うんっ」

つづきがあるらしい。期待しつつ、珍しくまじめな顔をしている周を見つめた。

「最高のコミュニケーションは、やっぱこれやろ」

言うが早いか、周は教科書を放り出し、円を引き寄せて口づけてきた。

バカンス気分を引きずっている家庭教師を、一瞬、思いっきり突き飛ばしてやろうかと思ったが、円は周の背中に手をまわし、素直にキスに応じた。

「あれ……今日は勉強中やのにって怒らへんの？」

そっと円を放すと、周は不思議そうな顔をした。

「勉強になったから」

「勉強……？」

首をかしげる周に、円はくすっと笑った。

抱きあって感じるのと同じに、言葉にも温度や肌ざわりがある。人に言葉を手渡すとき、そういうものをいっしょに伝えられる通訳になりたい。

周とふれあった瞬間、ふいにそんなことを思ってしまった。

「もう一回だけ……円《まどか》って言ってみて」

言葉の魔法を、もう一度試してみたい。円のリクエストに周は目を細め、

「円……」

思いっきりやさしい声で名前を呼んでくれた。

円は目の下を赤くして、机の上にペンを転がした。

「や…やっぱ、だめだね。英会話で言われるのはいいけど、普通に呼ばれるとくすぐったい」

「くすぐってへんのに？」

周は笑いながら、両手で円の脇腹をくすぐった。

「あっ、だめっ。うち帰ってきてるんだから…っ…大きな声出したら聞こえちゃうじゃんっ」

言ってから、円は自分の言葉に真っ赤になった。

「そ、そういう意味じゃないからね」

焦って言い訳する円に、

「そういう意味って、どういう意味？」

周はにやにやしながらつっこんでくる。

「知らないっ。これで調べなよっ」

円は机の上の辞書に手をかけた。が、周は無視して顔を近づけてくる。

「ま…」

もう一度言いかけた周の口を、円は辞書で押さえつけた。

「もうだめ。何回も使ったら魔法が解けちゃうじゃん」

「魔法？」

不思議そうな顔で辞書を机に戻す周に、円はちょっとがっかりし、同時にほっとし、ついでに可笑《おか》しくなった。

大事に封印しているなんて思っていたのは自分だけで、エンちゃんでも円でも、周にはたいした意味がなかったらしい。

言葉って、難しいけど面白《おもしろ》い。必死に並べてもわかってもらえないこともあるけれど、ひと言で気持ちが伝わることだってある。

「僕、がんばるね」

「今夜は積極的やねんな。嬉しいけど、がんばるなんて言われたら……なんや困るなぁ」

困ると言いながらやに下がる家庭教師に、

「そっちじゃなくて、通訳の勉強っ」

円はしっかりと釘《くぎ》を刺す。

「ほんま日本語は難しいな」

頭を掻《か》きながら、周は苦笑いをする。

「やっとわかってくれたみたいだね。僕の気持ち」

「ちうか、先生……キスしながらそんなこと考えてはったん？」

「そんなことって、今は英語の授業中だよ」

周はため息をつき、すぐに思い直したように笑顔になった。

「ほな、まじめに正しいコミュニケーションの勉強しよっか？」

「うん」

「ところで、このジョークの意味わかって…」

円は首に両手を巻きつけ、周の言葉を素早くキスで塞《ふさ》いだ。

悪い家庭教師が、いつものように授業を脱線させないように……。

あとがき

松前侑里

　お久しぶりの周《しゅう》&円《まどか》でこんにちは。今回は怪獣本《かいじゅうぼん》でございます。トカゲ本のときも二月発売だったので、まるまる二年ぶりの再会です。

　いつの間にそんなに時間が経《た》ったんでしょうか……。小説の中の時間がほとんど進んでいないので、ちょっとびっくりです。ということで、本編は前回の書き下ろしの数週間後くらいからのつづきです。そして、書き下ろしはさらにそのつづきになっているのですが……ふたりが恋人になって初めてのクリスマスなので、私はロマンチックな雪のシーンを書こうと張り切っておりました。が、担当の前田さんに「書き下ろしはハワイ旅行の話を」と釘を刺さ……いえ、リクエストを頂戴《ちょうだい》してしまったのです。

　主人公が冬休みの旅行をこんなに楽しみにしているのだから、書き下ろしで書かないわけにはいかない。ということに、プロットの段階では気づいておらず、書いているときにもまったく気づかず、書き終わってからもまだまだ気づかず、東京じゃ十二月に雪なんて滅多《めった》に降らないけど、思いっきり降らせてやれ～とか思ってわくわくしていた私……。

　その場の思いつきで書いて……いや、生きているから、こういうことになるわけですね。

　自分で蒔《ま》いた種は自分で刈り取る。自分で振ったネタは自分で書く。

そんな言葉を噛《か》みしめながら、ホワイトクリスマスな妄想を白紙に戻し、めっちゃホリディな話を考えることにしました。が、ぜんぜん雰囲気の違う話に切り替えたために、リセットした頭の中が文字どおり真っ白になってしまい、プロットのしめきり前日まで白紙のままという、恐るべき事態に陥《おちい》ったのでした。

そんな日々も、今となっては楽しい思い出。無事、発売日にお届けすることができました。

去年の十月三十日の日記には、「何日もかけてできないことが、なんで最後の一日でできてしまうんだろう。奇跡？」と書き記してありました。

などと書くと、珍しい事件のようですが、じつはいつもこんな調子なのでした。今も、しめきり三日前だというのに、小説ディアプラスのプロットが眩《まぶ》しいほど白いです。

今年はもうやってしまったので、来年こそは悔い改めようと思います。

ジャンルのトレンドをはずしまくっている私に、仕事の場を与えてくださる新書館さま、読者さま、感謝感謝でございます。あとり硅子《けいこ》先生、今回も素晴らしいイラストをありがとうございました。怪獣キスとトロピカ〜ル夏目《なつめ》組……最高です。いつも的確なアドバイスと励《はげ》ましをくださる前田さん、今年も思いっきりお世話になりますが、逃げないでくださいね。

皆さまのおかげの怪獣本で、ひととき幸せになっていただけたら嬉しいです。次回は夏頃、カニタマ本でお目にかかれる予定です。

相変わらずの私ですが、本年もどうぞよろしくお願いいたします。

そらからあめがふるように／あめのむすびめをほどいて 2

空から雨が降るように 雨の結び目をほどいて2

この本を読んでのご意見、ご感想などをお寄せください。
松前侑里先生・あとり硅子先生へのはげましのおたよりもお待ちしております。
〒113-0024 東京都文京区西片2-19-18 新書館
[編集部へのご意見・ご感想] ディアプラス編集部「空から雨が降るように」係
[先生方へのおたより] ディアプラス編集部気付 ○○先生

初 出
空から雨が降るように：小説DEAR+ Vol.8 (2002)
恋の成分：書き下ろし

新書館ディアプラス文庫

著者：松前侑里 [まつまえ・ゆり]
初版発行：2003年2月25日

発行所：株式会社新書館
[編集] 〒113-0024 東京都文京区西片2-19-18 電話(03)3811-2631
[営業] 〒174-0043 東京都板橋区坂下1-22-14 電話(03)5970-3840
[URL] http://www.shinshokan.co.jp/
印刷・製本：図書印刷株式会社

定価はカバーに表示してあります。乱丁・落丁本はお取替えいたします。
ISBN4-403-52066-9

ディアプラス文庫

定価各：本体560円＋税

新堂奈槻
Natsuki SHINDOU

「君に会えてよかった①②」
イラスト／蔵王大志
「ぼくはきみを好きになる？」
イラスト／あとり硅子

菅野 彰
Akira SUGANO

「眠れない夜の子供」
イラスト／石原 理
「愛がなければやってられない」
イラスト／やまかみ梨由
「17才」
イラスト／坂井久仁江
「恐怖のダーリン♡」
イラスト／山田睦月
「青春残酷物語」
イラスト／山田睦月

菅野 彰&月夜野亮
Akira SUGANO&Akira TSUKIYONO

「おおいぬ荘の人々①～③」
(②のみ定価590円＋税)
イラスト／南野ましろ

鷹守諌也
Isaya TAKAMORI

「夜の声　冥々たり」
イラスト／藍川さとる

五百香ノエル
Noel IOKA

「復刻の遺産～THE Negative Legacy～」
イラスト／おおや和美
「MYSTERIOUS DAM!①骸谷温泉殺人事件」
「MYSTERIOUS DAM!②天秤座号殺人事件」
「MYSTERIOUS DAM!③死神山荘殺人事件」
イラスト／松本 花
「罪深く潔き懺悔」イラスト／上田信舟
「EASYロマンス」イラスト／沢田 翔
「シュガー・クッキー・エゴイスト」
イラスト／影木栄貴

大槻 乾
Kan OHTSUKI

「初恋」イラスト／橘 皆無

久我有加
Arika KUGA

「キスの温度」イラスト／蔵王大志
「長い間」イラスト／山田睦月

桜木知沙子
Chisako SAKURAGI

「現在治療中【全3巻】」
イラスト／あとり硅子
「HEAVEN」イラスト／麻々原絵里依
「あさがお～morning glory～【全2巻】」
イラスト／門地かおり

篠野 碧
Midori SASAYA

「だから僕は溜息をつく」
「続・だから僕は溜息をつく BREATHLESS」イラスト／みずき健
「リゾラバで行こう！」イラスト／みずき健
「プリズム」イラスト／みずき健
「晴れの日にも逢おう」イラスト／みずき健

新書館

鷹守諫也 Isaya TAKAMORI

「Tears Roll Down①〜⑤」①④=◆ ③⑤=☆ イラスト:影木栄貴
「百年の満月①②」①=★ イラスト:黒井貴也

津守時生 Tokio TSUMORI

「三千世界の鴉を殺し①〜⑦」①〜③⑥⑦=☆ ④⑤=★ イラスト:古張乃莉(①〜③は藍川さとる名義)

前田 栄 Sakae MAEDA

「リアルゲーム」★
「リアルゲーム② シミュレーションゲーム」★ イラスト:麻々原絵里依
「ディアスポラ①〜③」○ イラスト:金ひかる

麻城ゆう Yu MAKI

「特捜司法官S-A①」イラスト:道原かつみ
「月光界秘譚① 風舟の傭兵」★
「月光界秘譚② 太陽の城」☆
「月光界秘譚③ 滅びの道標」☆
「月光界秘譚④ いにしえの残照」☆ イラスト:道原かつみ

松殿理央 Rio MATSUDONO

「美貌の魔都 月徳貴人 上·下巻」上巻=◇ 下巻=◆ イラスト:橘 皆無

真瀬もと Moto MANASE

「シャーロキアン·クロニクル① エキセントリック·ゲーム」★
「シャーロキアン·クロニクル② ファントム·ルート」☆
「シャーロキアン·クロニクル③ アサシン」
「シャーロキアン·クロニクル④ スリーピング·ビューティ」▼
「シャーロキアン·クロニクル⑤ ゲーム·オブ·チャンス」◇
「シャーロキアン·クロニクル⑥ コンフィデンシャル·パートナー」▽ イラスト:山田睦月
「廻想庭園①〜③」①=◇ ②③=▼ イラスト:祐天慈あこ

結城 惺 Sei YUKI

「MIND SCREEN①〜⑥」②=◇ ③⑥=☆ ⑤=○ イラスト:おおや和美

DEAR+ CHALLENGE SCHOOL

＜ディアプラス小説大賞＞
募集中！

◆賞と賞金◆

大賞◆30万円
佳作◆10万円

◆内容◆
BOY'S LOVEをテーマとした、ストーリー中心のエンターテインメント小説。ただし、商業誌未発表の作品に限ります。

◇批評文はお送りいたしません。
◇応募封筒の裏に、**［タイトル、ページ数、ペンネーム、住所、氏名、年令、性別、電話番号、作品のテーマ、投稿歴、好きな作家、学校名または勤務先］**を明記した紙を貼って送ってください。

◆ページ数◆
４００字詰め原稿用紙１００枚以内（鉛筆書きは不可）。ワープロ原稿の場合は一枚２０字×２０行のタテ書きでお願いします。原稿にはノンブル（通し番号）をふり、右上をひもなどでとじてください。

なお原稿には作品のあらすじを４００字以内で必ず添付してください。

小説の応募作品は返却いたしません。必要な方はコピーをとってください。

◆しめきり◆
年2回　**1月31日/7月31日**（必着）

◆発表◆
1月31日締切分…ディアプラス7月号（6月14日発売）誌上
7月31日締切分…ディアプラス1月号（12月14日発売）誌上

◆あて先◆
〒113-0024　東京都文京区西片2-19-18
株式会社　新書館
ディアプラスチャレンジスクール＜小説部門＞係